최애가 되고 싶어

최애가 되고 싶어

초판 1쇄 발행 | 2024년 7월 11일
초판 2쇄 발행 | 2024년 10월 15일

지은이 | 범유진·정재희·최형심·임하곤
펴낸이 | 박영욱
펴낸곳 | (주)북오션

주 소 | 서울시 마포구 월드컵로 14길 62 북오션빌딩
이메일 | bookocean@naver.com
네이버포스트 | post.naver.com/bookocean
페이스북 | facebook.com/bookocean.book
인스타그램 | instagram.com/bookocean777
유튜브 | 쏠쏠TV·쏠쏠라이프TV
전 화 | 편집문의: 02-325-9172 영업문의: 02-322-6709
팩 스 | 02-3143-3964

출판신고번호 | 제 2007-000197호

ISBN 978-89-6799-831-8 (43810)

최애가 되고 싶어

범유진
정재희
최형심
임하곤

소중하니까, 열렬하게
덕질하는 10대의 네 가지 이야기

Bookocean

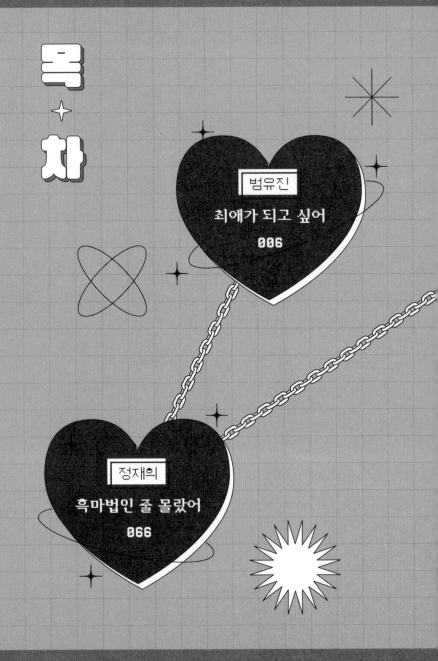

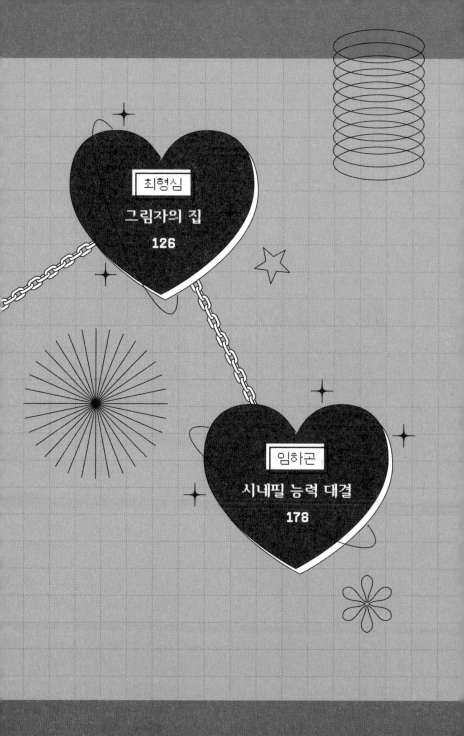

범유진

최애가 되고 싶어

'장하리'가 되자.

학교에 있는 동안은 내내, 장하리 코스튬플레이를 하고 있다고 생각하는 거다. 그러면 다른 누군가가, '장하리'가 될 수 있지 않을까.

펜던트를 건 내 모습을, 거울에 비추어 보았다.

최애가
되고 싶어

01

결심했다. 장하리가 되기로.

중학교 지망 순서를 정할 때, 1지망에 반 아이들이 거의 쓰지 않는 학교를 써내면서 마음먹었다. 이 학교에 붙으면 중학교에서는 지금과는 전혀 다른 삶을 살겠다고. 하지만 써내면서도, 될 확률이 많지는 않다고 생각했다. 우리 집에서 걸어서 5분, 횡단보도 하나만 건너면 갈 수 있는 중학교가 있으니 집에서 버스로 세 정거장이나 떨어진 곳에 붙을 리가 없지 싶었다. 그럼에도 1지망에 학교 이름을 꾹꾹 써

넣었던 건, 변하고 싶어서였다. 소심한 주가희가 아닌 완전히 다른 누군가로 중학교 생활을 시작하고 싶었다. 그러려면 이전의 나를 아는 사람이 적은 곳이 좋지 않을까. 그런 소원을 담아 주문처럼 쓴 것뿐이었다.

그런데 붙었다. 1지망에.

엄마는 왜 그렇게 먼 곳을 써냈냐고 엄청나게 화를 냈다. 친구들도 왜 그 학교를 썼냐고 의아해했다. 내가 졸업한 초등학교에서 나와 같은 중학교를 배정받은 애들은 채 열 명이 안 됐다. 이건, 내 소원을 이루라는 신의 계시가 아닐까 싶었다.

지망 학교를 써내기 일주일 전, 토요일의 사건이 아니었다면 그런 대담한 일을 행동으로 옮기진 못했을 거다. 집에서 좀 멀리 떨어진 중학교를 1지망으로 쓰는 게 뭐 대담하기까지 한 일이냐고? 모르는 소리다. 그건 나한테는 정말 큰 용기를 필요로 하는 일이었다. 친구 한 명 없이, 혼자 학교를 다녀야 하다니! 그것도 중학교를! 중학생이 되자마자 외톨이가 되면 어쩌지. 밤마다 교실에 우두커니 앉아 있는 내 모습이 자꾸만 상상되어서 잠들 수가 없었다. 지금이라도 친구들이 배정받은 학교로 가겠다고 할까, 엄마를 조르면 무언가 방법이 있지 않을까 고민이 되기도 했다.

　: 주말 약속 오후 2시로 바꾸자. 은아가 그때만 시간이 된대.

하지만 친구들과의 단톡방에 뜬 메시지를 본 순간, 그런 고민은 싹 사라졌다.

'오후 2시라고? 난 그때부터 학원 특강이라고 분명히 말했는데. 그래서 오전 11시에 만나기로 한 거잖아. 또 은아한테 맞추는 거야? 나는?'

최은아. 6학년 2학기에 전학 온 친구다. 최은아는 전학 온 첫날부터 반 아이들의 주목을 한 몸에 받았는데, 유명 기획사의 연습생이기 때문이었다. 요즘 인기 급상승 중인 보이 그룹 'JKC'와 함께 찍은 사진도 보여 줬다. 모두 최은아를 자기 그룹으로 끌어들이려고 난리를 쳤다. 우리 그룹도 예외는 아니었다. 나 아닌 다른 친구들, 특히 이혜신이 JKC의 열성 팬이기 때문에 더욱 그랬다. 결국 최은아는 우리 그룹에 들어왔다. 그때부터 이혜진은 무슨 일이든 최은아를 우선시하기 시작했다. 원래 이혜진은 내 단짝이었는데, 나 따위는 안중에도 없다는 듯 굴었다. 체육시간에 2인 3각을 할 때도 최은아와 하겠다고 나섰고, 음악실이나 급식실에 가서도 최은아와 나란히 앉았다. 우리 그룹은 최은아가 오기 전에 딱 여섯 명, 짝수였기 때문에 나는 낙동강 오리알 신세가 되었다. 그래도 나는 이혜진을 이해하려고 했다. JKC를 정말 좋아하니깐, 연습생이 되고 싶다는 말도 했었으니깐 하고.

　…거짓말이다. 이해는 무슨. 그저 말을 못 한 것뿐이다. 나는 다른 사람에게 싫다는 말을 잘 하지 못한다. 혹시 저 사람이 나를 싫어하면 어쩌지, 말싸움으로 이어지면 어쩌지, 그런 걱정이 들면 말이 목구멍에 탁 걸려 나오지를 않는다. 이혜진은 "가희는 착해서 좋아. 이번에도 내 말대로 할 거지?"라고 말하곤 했다. 착해서 좋기는 무슨. 자기가 하자는 대로 다 하니깐 좋아하는 척했을 뿐일 거다. 그러지 않으면 최은아가 오자마자 나를 헌신짝처럼 버리진 않았을 테니깐. 그래도 나는 참았다. 깍두기처럼 어정쩡하게 다른 애들의 뒤를 따라다니며 웃었다. 6학년 마지막 학기에, 다

른 그룹에 끼어들 자신이 없었다.

'…역시 바뀌어야 해. 그래. 이건 기회야.'

나는 단톡방에 메시지를 보낼까 말까 고민하며 침대에 드러누웠다. 마음 같아서는 '그럼 나는 못 가. 너희끼리 놀아.' 이렇게 쓰고 싶었다. 하지만 내 손가락은, 내 마음과는 다르게 우는 이모티콘을 골라 단톡방에 띄우고 있었다.

'중학교를 다른 곳으로 가면, 이 단톡방에서도 나올 수 있어.'

그럼 더 이상 깍두기 노릇을 하지 않아도 된다. 억지로 웃지 않아도 되고, 최은아의 메시지 하나하나에 신경을 곤두세우지 않아도 된다.

무엇보다 그 악몽 같은 날을 다시 겪을까 봐 마음 졸이지 않아도 될 것이다.

✦ ✦ ✦

악몽의 날.

지망 학교를 써내기 일주일 전인 토요일이었다. 최은아

가 공원 야외무대에서 댄스 버스킹을 한다고 보러 오라고
했다. 학원 특강 때문에 조금 늦게 공원에 갔더니 최은아가
불퉁한 표정으로 앉아 있었다. 이혜진과 다른 친구들은 최
은아의 기분을 풀어주려고 갖은 애를 다 쓰고 있었다.

"무슨 일이야?"

"은아가 무대에서 춤추는데, 어떤 댄스팀이 와서 반대편
에서 춤췄거든. 사람들이 다 그쪽으로 몰려가서 아무도 은
아 무대를 안 봤어."

친구 중 한 명이 내게 작은 목소리로 속삭일 때였다.

"주가희. 너 왜 이렇게 늦게 와? 너 언제 오나 신경 쓰여
서 무대를 제대로 못 했잖아!"

최은아가 갑자기 내게 화를 내며 자리에서 벌떡 일어
났다.

"나 늦게 온다고 말했는데…."

"그래도 다 끝나고 오는 게 말이 돼? 그러고도 네가 친구
야? 무대에서 춤춘다는 게 얼마나 스트레스 받는 일인데!
아니다. 가희 넌 무대에 안 서 봐서 모르겠구나."

최은아는 내 팔을 우악스럽게 잡더니, 무대 쪽으로 끌고

갔다.

"왜, 왜 그래?"

"가희 너, 무대에서 춤춰."

"뭐?"

잘못 들은 줄 알았다. 갑자기 춤이라니. 하지만 최은아는 내 팔을 잡고, 무대 위로 올라갔다.

"무대에서 춤추는 게 얼마나 힘든 일인지 겪어 봐야, 네 잘못을 알 거 아냐. 그러니깐 춰. 혼자서. 한곡 다 추면 용서해 줄게."

"내가 뭘 잘못했다고…."

"잘못한 게 없다고? 애들아. 너희 생각에 가희가 잘못 한 거 같아, 아닌 거 같아?"

나는 무대 위에 엉거주춤 서서, 무대 아래의 친구들을 바라보았다. "가희는 잘못한 게 없어."라고 말할 줄 알았다. 하지만 친구들은 다들 고개를 숙이고 우물쭈물, 서로 눈치를 볼 뿐이었다.

"혜진아. 네 생각은 어때? 가희가 춤추는 거 보고 싶지?"

나는 이혜진에게 간절한 눈빛을 보냈다.

'아니라고 해, 제발. 나 숫기 없는 거 알잖아. 나 혼자 여기서 어떻게 춤을 춰?'

하지만 이혜진은 고개를 끄덕거렸다. 분명 나와 눈이 마주쳤는데도, 모른 척 최은아의 편을 들었다. 최은아는 생긋 웃고는 내 팔을 놓고 무대 아래로 내려갔다.

"뭐 해? 빨리 춤 춰."

최은아의 휴대폰에서 음악이 흘러나왔다. 짝. 짝. 최은아가 리듬에 맞추어 박수를 치자, 다른 애들도 박수를 치기 시작했다. 빨리 해. 빨리. 박수 소리가 나를 재촉했다. 차라리 무대가 무너져 내렸으면. 그렇게 바라면서 어색하게 팔다리를 움직였다. 춤이 아닌, 몸부림이었다.

✦ ✦ ✦

'…정말로 완전히 다른 누군가가 될 수 있을까?'

휴대폰을 침대 위에 던지고 멍하니 천장을 올려다봤다. 주가희가 아닌 '누군가'가 되려면 어떻게 해야 하는 걸까. 소심한 주가희. 하고 싶은 말도 제대로 못하는 주가희. 무엇 하나 자신 있게 해 내지 못 하는 주가희. 이게 내가 싫어하는 나다. 그러니깐 나는 소심하지 않고, 하고 싶은 말을 제대로 하고, 무엇이든 자신 있게 해 내는 그런 '누군가'가 되고 싶다. 하지만 어떻게? 사람의 성격이란 건, 그렇게 쉽게 변하지 않는다. 쉽게 바꿀 수 있었다면 진즉에 바꿨을 거다. 고민하며 몸을 오른쪽으로 돌려 누웠다.

'…저거다.'

내 눈에 들어온 건 벽에 붙여 놓은 포스터였다. 포스터에는 내가 가장 좋아하는 애니메이션 《마법소녀 장하리》의 주인공 '장하리'가 환하게 웃고 있다. 《마법소녀 장하리》는 10년 전에 나온 애니메이션이다. 열네 살 소녀 '장하리'가 어느 날 마법의 펜던트를 얻게 된다는 내용이다. 흔한 마법소녀물 같지만 '장하리'가 마주치는 사건은 지구정복을 노리는 악당을 해치우는 게 아니다. 학교에서 발생한 도난 사건, 할머니가 잃어버린 강아지 찾기, 짝사랑하는 친구의 고백 돕기 대작전, 이린 깃들이다. 마법의 펜던드는 '장하리'에게 특별한 힘을 주지 않는다. 오히려 그 반대다. '장하리'가 사건을 해결할 때마다 펜던트에 '나다움 포인트'가 쌓이

16

는데, 그게 다 쌓이면 펜던트에 갇힌 '샤이걸'이 해방되어 집으로 돌아갈 수 있게 된다. '장하리'는 '샤이걸'이 해방되도록 도와주는 조력자인 셈이다. 오래 전 애니메이션이라 내 주변에는 《마법소녀 장하리》를 아는 사람이 거의 없다. 이 애니메이션을 보여 준 사촌 언니도, 이게 뭐 그렇게까지 재미있냐고 내게 되물었다.

'있잖아. 누군가가 되는 방법.'

나는 침대에서 벌떡 몸을 일으켜 침대 아래에 넣어 둔 정리함을 꺼냈다. 정리함 속에 든 건 코스튬플레이 의상이다.

소심한 주가희가 떨지 않고 사람들 앞에서 당당하게 말하고 포즈를 취하는 유일한 순간이 있다. 바로 코스튬플레이를 할 때다. 사촌 언니를 통해 코스튬플레이를 알게 된 열한 살 때부터, 나는 만화 속 캐릭터가 될 수 있는 이 마법 같은 취미에 푹 빠졌다. 만화 속 캐릭터와 같은 옷을 입고, 가발을 쓰고, 화장을 하면 정말 그 캐릭터가 된 것처럼 행동할 수 있었다. 사촌 언니와 함께 갔던 애니메이션 행사장에서는 사진도 많이 찍혔다. 친구들과 사진을 찍을 때면 언제나 한 발 뒤로 물러서는 나지만, 그때는 당당하게 앞으로 나섰다. 흡사 마법의 주문이라도 걸린 듯이, 내가 나 아닌 다른 누군가가 되었던 신기한 경험이다.

친구들은 아무도 내가 코스튬플레이를 하는 걸 모른다. 내가 애니메이션 보는 걸 좋아한다는 것도 모른다. 친구들이 알면 마법의 주문이 깨질 것 같아서, 일부러 말하지 않았다.

'있잖아. 되고 싶은 누군가.'

나는 정리함에서 꺼낸 의상 중, 펜던트를 목에 걸었다. '장하리'가 차고 다니는 마법의 펜던트다. 목걸이 줄에 우주에 떠 있는 행성을 본뜬 열쇠 모양 펜던트가 달려 있다. 예전에 어린아이들 놀이 세트로 나온 것을, 사촌 언니가 내생일 선물로 구해다 줬다.

'장하리가 입는 교복, 내가 다니게 될 중학교랑 비슷하잖아.'

나는 포스터를 봤다. 파란 체크무늬 치마에 흰색 셔츠, 약간 노란빛이 도는 조끼. 다른 것은 '장하리'는 커다란 리본을 매지만, 내가 다니는 중학교는 체크무늬 넥타이를 맨다는 것뿐이다. 그 정도 차이야 뭐. '장하리'도 가끔은 넥타이를 뗐을지도 모르는 일 아닌가. 게다가 '장하리' 코스튬플레이의 핵심은 누가 뭐래도 펜던트다.

'장하리'가 되자.

학교에 있는 동안은 내내, 장하리 코스튬플레이를 하고 있다고 생각하는 거다. 그러면 다른 누군가가, '장하리'가 될 수 있지 않을까.

펜던트를 건 내 모습을, 거울에 비추어 보았다.

02

성공이다. 그것도 대 성공!

중학교 입학 첫날부터 예감이 좋았다. 본래라면 나는 자리에 일어나서 자기소개를 할 때부터 소심한 주가희의 면모를 드러냈을 것이다. 긴장을 이기지 못하고 부들부들 떨리는 염소 울음소리 같은 목소리로 이름을 말했을 테고, 그 순간 웃음거리가 되었을 거다. 이게 초등학교 6년 동안 반복되어 온 나의 자기소개 시간의 흑역사였다. 긴장하지 말아야지, 떨지 말아야지 하고 마음먹는 순간 더 긴장해 버리는 건 왜일까.

하지만 이번에는 달랐다.

자기소개를 할 순서가 다가오는 동안, 나는 속으로 끊임없이 되뇌었다. '나는 장하리다. 마법의 펜던트를 가지고 있는 장하리다.' 머리 스타일도 원래는 하나로 질끈 묶었던 걸, 장하리처럼 길게 풀고 갔다. 목에 건 펜던트를 꽉 부여잡고 있으니 조금씩, 내가 정말 장하리가 된 듯 느껴졌다.

'장하리는 자기소개를 할 때 떨거나 하지 않아. 그렇다고 오버하지도 않지. 침착하게 자리에서 일어나서 쿨하게, 주변을 두리번거리거나 하지 않고 앞을 보고 이름을 말하고 짧은 인사말만 하고 다시 앉을 거야.'

드디어 내 차례가 되었을 때, 나는 완벽하게 장하리처럼 행동했다. 웃음소리 대신에 박수가 터져 나왔다. 양 뺨이 들뜬 열로 물들었다.

점심시간에도, 나는 '장하리처럼 행동하기'를 이어 나갔다.

'장하리는 남이 말을 걸어 주기를 기다리지 않을 거야.'

나는 교실을 한 바퀴 빙 둘러보았다. 교실 뒤쪽에 대여섯 명의 아이들이 모여 앉아 화장을 고치고 있었다. 큰 목소리로 화장품 브랜드 뭐 쓰냐고, 아는 선배가, 아는 오빠가, 그런 말들을 교실 아이들 들으란 듯이 떠들고 있는 모습이 누가 봐도 '우리가 이 반의 일진이니깐 함부로 건드리지 마.'라는 팻말을 들고 마구 흔드는 것만 같았다. 나는 그 애들이 급식실에 가자며 일어나는 것을 보고, 재빨리 따라 나갔다. 그리곤 급식실에서 자연스럽게, 그 애들이 모여 앉은 자리로 다가갔다.

"애들아. 나 여기 앉아도 될까?"

애들의 시선이 일제히 내게 쏠렸다가, 그들 중 한 명에게로 옮겨갔다. 똥머리를 올려 묶은 여자아이가 나를 빤히 봤다. 김영진. 그 애의 교복 상의에 붙은 이름표였다. 시선의 흐름이 그 아이가 그룹의 중심임을 명백하게 알려주고 있었다.

"미안. 자리가 없네?"

거절당했다. 나는 아무렇지 않은 듯 그래, 라고 대답하곤 뒤돌아섰다. 심장이 엄청 빠르게 뛰고, 얼굴로 열이 치솟아

올랐다. 머릿속으로 계속해서 되뇌었다.

'장하리는 거절당해도 아무렇지 않을 거야. 난 장하리야. 그러니깐 괜찮아.'

하지만 식판을 들고, 어디에 앉을지 두리번거리는 모습은 전혀 '장하리'스럽지 않았다. 어떻게 해야 할지 막막했다.

"얘, 여기 앉아. 자리 있어."

누군가 내 소매 끝을 잡아끌었다. 김영진네 그룹이 앉은 건너편, 등을 보이고 있던 아이였다. 나는 재빨리 그 아이 옆에 앉았다. 혼자서 밥을 먹던 아이는 내가 앉자, 빙긋 웃으며 말을 걸었다.

"난 신소라야. 우리 같은 반인데, 몰랐지?"

"난 주가희."

"너 아까 자기소개 할 때 멋있더라. 난 목소리 엄청 떨렸는데."

신소라. 딱히 기억나지 않는 걸 보면 평범한 아이 같았다. 화장기 없는 수수한 얼굴과, 줄이지 않고 접어 올려 입은 교복 치마가 눈에 들어왔다. 나는 의자를 살짝 움직여,

신소라와 한 뼘 정도 더 거리를 넓혔다. 첫 단추를 잘 끼워야만 했다. '장하리'에게 어울리는, 잘 나가는 근사한 친구들을 만들어야 했다.

그 기회는 내 생각보다 빨리 찾아왔다.

✦ ✦ ✦

새로운 학기는 언제나 긴장된다. 초등학생에서 중학생이 된 후의 하루하루는, 단순히 학년이 올라가는 것과는 비교할 수 없는 긴장감의 연속이었다. 기억도 나지 않는 초등학교 1학년 때로 돌아간 것만 같다. 수업 시간이 늘어났고, 낯선 과목이 생겨났고, 교칙은 엄격해졌다. 초등학교 때에는 영어와 음악, 미술, 체육만 전담 선생님이었는데 중학교는 모든 과목의 선생님이 달랐다. 그만큼 '꽝'이 걸리기 쉽다는 이야기다. 담임만 꽝이 아니기를 바라던 초등학교 때에 비하면 피로도가 10배쯤 늘어난 셈이다.

우리 반을 담당하게 된 영어 선생님은 꽝 중의 꽝, 꽝꽝꽝이었다.

"너, 왜 계속 고개를 숙이고 있어? 고개 들어!"

영어 선생님의 카랑카랑한 목소리가 교실 안에 울렸다. 나는 흠칫 놀라 등을 바르게 폈다. 다행히 이번에는 내가 아니었다. 영어 선생님은 4분단 중간에 앉은 백종현에게 소리를 지르고 있었다. 백종현도 영어 선생님에게 찍힌 아이들 중 한 명이다.

"거기! 주가희! 너는 필기 안 하고 고개 빳빳이 들고 뭐 해!"

어김없이 내게도 화살이 날아왔다. 나는 고개를 숙이고, 다시 필기를 시작했다. 공책 위에 어두운 그림자가 드리워지더니, 커다란 손바닥이 내 등을 내리쳤다.

"누가 수업 중에 이렇게 고개를 푹 숙이래! 아주 싸가지가 없어!"

정말인지, 어느 장단에 맞추라는 걸까. 나는 다시 고개를 들고 영어 선생님을 올려다보았다. 영어 선생님은 거뭇거뭇한 수염 자국이 선명한 턱을 들어 올리고는 흥, 코웃음을 쳤다.

"뭘 노려 봐? 자, 다음 리슨 앤 초이스! 위의 지문에서 샌

드위치에 들어있지 않은 게 뭐였어? 비프, 바비큐, 치킨, 개롯!"

개롯? 나는 교탁으로 돌아가는 영어 선생님을 바라보았다.

'설마 캐롯을 개롯이라고 읽은 거야?'

개롯이라니. 개구리 울음소리도 아니고. 웃음이 나오려는 걸 간신히 참았다. 지금 웃었다가는 영어 선생님에게 확실히 찍힐 게 뻔했다.

영어 선생님이 꽝꽝꽝인 이유. 폭력적이고, 더럽고, 무엇보다 실력이 없으니깐. 폭력적이면 잘 가르치기라도 하든가, 못 가르치면 상냥하기라도 하든가 해야 하는 게 아닐까. 특히나 영어 선생님은 발음이 최악이었는데, 이빨 사이로 바람 빠진 듯 우물거리는 발음을 도저히 알아들을 수가 없었다. 그래도 영어 선생님에게 찍히기 싫으니깐 다들 모른 척, 빨리 시간이 흐르기를 바라며 대충 수업을 듣는 척했다. 그런데 개롯이라니. 주변을 보니, 다른 애들도 웃음을 참고 있는 듯했다. 영어 선생님은 자신의 등 뒤에서 일어나고 있는 단체 웃음참기 챌린지를 눈치채지 못한 채 교탁에 섰다. 영어 선생님이 다음 페이지, 라고 말할 때였다.

풋.

바람 빠진 듯한 웃음소리가 조용한 교실에 선명하게 울려 퍼졌다. 영어 선생님이 교과서에서 눈을 떼고, 먹이를 노리는 독수리 같은 눈빛으로 교실 안을 훑어보았다.

"누구야, 지금?"

나는 아랫입술과 윗입술을 꾹 붙였다. 내가 아니라는 걸 증명이라도 하려는 듯이. 영어 선생님은 성큼성큼, 교실 뒤로 걸어갔다. 웃음소리가 난 교실 뒤쪽에 멈춰 선 영어 선생님이, 누군가를 향해 말했다.

"너지? 일어나."

"저 아닌데요."

나도, 반 아이들도 숨죽인 채 뒤돌아봤다. 김영진이 하얗게 질린 얼굴로 자리에서 일어났다. 영어 선생님은 손에 들고 있던 교과서로 김영진의 이마를 툭툭 쳤다.

"수업시간에 왜 웃어? 뭐가 웃겨? 어?"

"저 안 웃었어요."

"안 웃기는. 내가 들었는데. 지금 내가 잘못 들었다는 거야? 교복 줄인 거 봐라. 1학년이 벌써 발랑 까져가지고. 이러니깐 선생님 존경할지를 모르고 수업시간에 웃고 난리지."

김영진의 이마를 치는 영어 선생님의 손에 점점 더 힘이 들어갔다. 김영진은 고개를 푹 숙였다. 반의 분위기는 점점 험악해졌다.

'이럴 때 장하리라면 가만히 있지 않을 거야. 장하리라면 어떻게 할까. 장하리라면….'

나는 '장하리'다. 소심한 주가희가 아니니깐, 이럴 때는 나서야 한다. 나는 서랍 안에 넣어 둔 휴대폰을 꽉 부여잡았다. 그리곤 휴대폰을 꺼내 찰칵, 일부러 소리를 더 키워서 사진을 찍었다. 그 소리에 영어 선생님이 내 쪽을 봤다.

"뭐야, 넌! 수업시간에 사진을 왜 찍어! 휴대폰 제출 안 했어?"

"저희 휴대폰 제출 자율인데요."

"그래도 내야지! 1학년들은 뭘 모른다니깐. 교칙으로 자율이라고 해 놨어도 다 내야 하는 거야. 아니, 이 반 담임은 애들한테 그런 것도 제대로 전달 안 하고 뭘 한 거야. 야,

휴대폰 당장 이리 내 놔!"

영어 선생님은 고래고래 소리를 지르며 내게로 다가왔다. 나는 등을 꼿꼿이 펴고 앉아서, 영어 선생님을 마주 보았다.

"싫어요. 저 이거 교육청에 제보할 거예요. 체벌 금지잖아요. 그런데 왜 때려요?"

"내가 언제 때렸어? 그냥 머리 쓰다듬은 거지."

영어 선생님의 목소리 볼륨이 슬그머니 잦아들었다.

"누가 교과서로 머리를 쓰다듬어요? 사진 보면 어떻게 봐도 때리는 거예요. 아까 제 등도 때리셨잖아요."

내 말이 끝나자, 교실 이곳저곳에서 반 아이들이 한마디씩 말을 보탰다.

"맞아요. 나도 맞았는데."

"이전에는 실내화로 엉덩이 때렸잖아요."

나를 거드는 말들이 점점 많아지자, 영어 선생님의 얼굴이 시뻘게졌다. 영어 선생님은 빠른 걸음으로 교탁으로 걸어가서는 탕탕, 교탁을 내리쳤다.

"조용! 그래서 뭐, 제보하려면 해 봐. 아무리 교권이 무너졌어도 그런 걸 체벌이라고 하면 안 되지. 학생이 수업에 집중을 못 하면 교사가 그 정도는 할 수 있는 거지. 어쨌든 앞으로는 서로 조심하기로 하자, 알았지?"

수업 끝나는 종소리가 울리고, 영어 선생님은 허둥지둥 교실 밖으로 나갔다. 나는 휴대폰을 손에 쥔 채 책상 위에 쓰러지듯 엎드렸다. 긴장이 풀리면서 뿌듯함이 온몸에 차올랐다.

'나 방금은 진짜 장하리 같았어. 좀 멋있었던 것 같아.'

나는 목에 건 펜던트를 살짝 쥐어 보았다. 이거 혹시, 진짜 마법 펜던트 아닐까? 그런 엉뚱한 생각을 하고 있는데, 누군가 내 어깨를 쿡 찔렀다. 고개를 드니 김영진이 내 자리 옆에 서 있었다.

"우리랑 점심 같이 먹자. 어때?"

첫 단추가 바라던 곳에 찰칵, 끼워진 순간이었다.

03

중학교에서는 지금과는 다른 삶을 살 것이다.

한 달 전, 중학교 입학 전에 했던 결심은 현실이 되었다. 나는 김영진의 그룹의 일원이 되었다. 반에서 장기자랑을 할 때면 당연하다는 듯이 앞에 나서고, 급식실에 늦게 도착해서 반 아이들의 앞자리를 헤집고 들어가도 아무도 불만을 말하지 않는 그룹이다. 그룹의 리더 격인 김영진은 나를 자신의 단짝이라고 말했다.

"가희 완전 걸크러쉬야. 사이다 발언 멋있었다니깐. M&M의 제냐 같아!"

M&M은 김영진이 제일 좋아하는 아이돌 그룹이고, 제냐는 M&M의 래퍼다. 팬들을 밀치는 보디가드를 막아서거나, 회사를 향해 거침없이 불만을 토로한 행동으로 큰 인기를 얻었다. 제냐를 닮았다는 말이 싫진 않았다. 제냐를 보면서 장하리가 사람이 되면 딱 저럴 것 같아, 라고 생각한 적도 있었다.

문제는 김영진이 내게 점점 무리한 요구를 한다는 거다.

'오늘만 해도 그래. 아이라인까지 그린 건 김영진이 잘못한 게 맞잖아. 화장하는 거, 원래는 교칙 위반인 걸. 담임이 착해서 뭐라고 안 하는 건데. 담임이 아이라인 그린 걸 혼냈다고, 담임에게 한마디 해 달라니 말도 안 돼.'

김영진은 자기가 조금만 마음에 안 드는 일이 있으면, 내가 나서서 싸워주기를 바랐다. 나를 자신의 대리 싸움꾼쯤으로 여기고 있는 듯했다. 옆 반 아이가 김영진의 발을 밟았을 때도 내가 김영진 대신 일침을 날려야 했고, M&M의 라이벌 그룹을 좋아한다는 같은 반 애에게 빈정거려야 했던 것도 나였다. 나는 M&M도 그 그룹도 좋아하지 않는데 말이다. 처음에는 김영진이 내게 의지하는 것이 좋아서 부탁을 다 들어주었다. 하지만 점점 불편해졌다. '장하리'라면 모르는 애가 발을 좀 밟았다고 독설을 내뿜진 않을 것이다. 자기와 다른 아이돌 그룹을 좋아한다고 화를 내지도 않을 거다. 발이 밟히면 괜찮다고 깔깔 웃을 거고, 친구가 자기가 좋아하는 그룹이 아니라 다른 그룹을 좋아한다고 하면 나도 들어 보자고 호기심을 내 보일 거다.

그래서 오늘 처음으로 김영진의 부탁을 거절했다. 애초

에 나는 우리 반 담임선생님이 좋다. 담임을 맡는 건 처음 이라는데, 반 애들에게 잘 해주려고 노력하는 게 눈에 보인 다. 김영진에게 아이라이너를 지우고 오라고 한 것도, 학생 부장 선생님에게 잡히면 벌점을 받기 때문이다. 내가 진짜 장하리라면, 오히려 그런 부탁을 한 김영진에게 따끔하게 한 마디 일침을 날렸을 거다. 하지만 나는 "그건 좀…." 이 라며 말끝만 흐렸다. 그러자 김영진은 노골적으로 실망한 표정을 지었다. 그리곤 오늘 하루 종일, 내가 불러도 못 들 은 척을 했다. 과학실에 갈 때도 내가 아닌 다른 애의 팔짱 을 꼈다. 나는 그런 김영진을 신경 쓰지 않는 척, 다른 친구 들과 수다를 떨었다. 그렇지만 사실은 내내 마음이 불편했 다. 초등학교 때처럼 다른 친구들까지 나를 깍두기 취급하 는 건 아니다. 그렇지만….

나는 침대에 걸터앉아, 벽에 붙은 장하리의 포스터를 봤다.

'…내가 진짜 장하리라면 펜던트에 나다움 포인트가 모 이긴 했을까?'

모이지 않았을 거다. 조금도.

"애들아. 이것 좀 봐."

김영진이 휴대폰을 들어 보였다. 인스타그램 계정이 액정에 떠 있었다.

"뭔데, 이게?"

나도 친구들과 함께 김영진의 액정을 들여다보았다. 순간 입에 물고 있던 사탕을 뱉을 뻔 했다. 김영진이 보여준 인스타그램 계정에는 코스튬플레이 사진이 가득했다. 코스튬플레이를 좋아하는 사람들 사이에서는 유명한 '방구석 코스튬플레이 라라'의 계정이었다. '라라'라는 닉네임으로 활동하는 코스튬플레이어는 2년 전부터 사진을 올리기 시작했는데, 방에서 뒷모습만 찍어 올리는 컨셉으로 화제가 되었다. 옷의 퀄리티가 상당히 좋은데도 절대 앞모습 사진은 공개하지 않고, 어떠한 오프라인 행사에도 나오지 않는다. 그 고집 있는 모습이 좋아서, 나도 라라의 팬이 되었다.

'김영진이 왜 라라한테 관심을 보이지?'

아무리 봐도 김영진이 만화나 코스튬플레이를 좋아하진

않을 것 같다. "만화는 애들이나 좋아하는 거 아냐?" "오덕들 보기만 해도 소름끼쳐." "만화나 애니나 그림일 뿐이잖아. 사람도 아니고 캐릭터에 열광하는 거 이해가 안 돼." 그런 말을 한 적도 있다.

"이 사진 속의 오타쿠가 쟤야, 쟤."

김영진이 손가락으로 교실 한 쪽을 가리켰다. 김영진의 손가락 끝을 따라 시선을 옮긴 나는 깜짝 놀랐다. 거기에 앉아 있는 건 신소라였다. 개학 첫 날, 급식실에서 내게 자신의 옆자리를 내어 주었던 아이다.

'신소라가 라라? 설마…. 아니야, 그럴 수도 있어.'

신소라는 반에서 크게 존재감이 없었지만, 자신이 존재감 없는 것을 전혀 신경 쓰지 않아 오히려 눈에 띄었다. 신소라는 딱히 어울려 다니는 그룹이 없었다. 혼자서 밥을 먹었고, 이동 수업 때에도 혼자 다녔다. 그렇다고 '나에게 말을 걸지 마.'라는 어둠의 오오라를 풀풀 풍기는 것도 아니었다. 누군가가 말을 걸면 평범하게 대답했고, 같이 밥을 먹자는 애들이 있으면 그 애들과 밥을 먹기도 했다. 신소라를 보고 있노라면 넓은 바다에 혼자 유유히 떠 있다가 물고

기가 몰려들면 그들과 어울리는 부표가 떠올랐다.

"말도 안 돼. 신소라, 엄청 얌전하잖아. 그런데 이런 걸 한다고?"

"쟤 가끔 만화책 보거나 그림 그리고 있으니깐 그럴 수도 있겠네."

그리고 그건 '라라'와도 무척 어울리는 이미지였다. 남들이 무어라 하던 방에서 혼자, 자신이 좋아하는 것을 이어가는 라라. 나는 교실 의자에 앉아 무언가를 끼적거리고 있는 신소라의 뒷모습을 한참이나 바라보았다.

"이게 진짜 신소라야?"

내가 묻자, 김영진은 자신만만하게 고개를 끄덕거렸다.

"내 친구가 쟤랑 같은 학원 다니거든. 쟤한테 휴대폰 빌렸다가 갤러리 봤는데 거기에 코스튬플레이 사진이 가득했대. 이거 네가 만든 거냐고 물어보니깐 그렇다고 했대. 딱히 감추려는 것 같지도 않았다던데."

당장이라도 신소라의 자리로 달려가고 싶었다. 어떻게 그렇게 옷을 잘 만드는지, 왜 뒷모습만 찍는지, 무슨 만화를 제일 좋아하는지 등등. 라라를 만나면 물어보고 싶었던 것이 한가득이었다. 점심시간이 끝나기 전에 말을 걸어볼까 고민하는데, 김영진의 말이 귀에 날아 들어왔다.

"나 오타쿠 싫어하는 거 알지? 그래서 쟤 좀 골려주려고. 나 쟤 싫어. 완전 오덕 쩐다. 우리 쟤 좀 골려 주자."

"…어? 골려 주자니?"

"다음 달에 수련회 가잖아. 조 짜서 장기자랑 하는 거, 쟤한테 같이 하자고 하는 거야. 우리 다 같이 코스튬플레이 하자고 하면, 쟤 신나서 같이 한다고 할 걸. 장기자랑 무대에서 우리는 긴 망토 아래에 M&M 무대복처럼 멋있는 거 입고 있는 거지. 신소라 혼자 코스튬플레이 하고 무대로 올라오면 시선 엄청 끌 거 아냐. 그때 우리가 망토 벗고 M&M 커버 댄스 멋있게 추면 게임 끝일 것 같지 않아?"

"신소라를 바람잡이로 쓴다는 거구나."

"재미있겠다. 그럼 신소라, 쟤한테는 춤도 다른 거 춘다고 속이자. 오타쿠들 사이에서 유행하는 그런 춤. 신소라가 그걸 먼저 추고, 우리는 망토 벗고 다른 거 추는 거지. 그럼 애들이 더 재미있어 할 거야."

"좋네. 그렇게 하자."

김영진과 친구들은 신이 난 듯 계획을 세웠다. 나는 숨이 턱 막혔다.

'왜지? 왜 그런 짓을 하려는 거야?'

만화를 좋아하는 게, 그런 괴롭힘을 당할 정도의 일이 아니잖아. 그렇게 말하고 싶었지만 말이 입 밖으로 나오지 않았다. 그렇게 말했다가는 친구들이 "뭐야. 주가희, 너도 만화 좋아해?" 라고 물어보거나 하면 어쩌지 싶었다.

'하지만 이대로 가만히 있으면 신소라가….'

교복 치마를 움켜쥐었다가 놓았다가를 반복하며 망설이는데, 교실 문 밖에서 누군가 김영진을 불렀다. 한 학년 위의 선배였다. 김영진은 자리에서 일어나 곧장 교실 밖으로 달려 나갔다.

"…안됐네. 신소라."

김영진이 자리를 비우자, 친구들 중 한 명이 작게 중얼거렸다.

"얼마 전에 신소라가, 영진이가 M&M 팬 아트 응모한다고 그림 그려 달라고 한 거 거절했잖아. 그것 때문에 저러는 거야. 그거 응모 못 해서 팬싸인회 당첨 못 됐다고 엄청 짜증냈거든."

"신소라, 쟤는 그림도 잘 그리면서 그거 하나 좀 그려 주지. 왜 그랬대?"

"몰라. 우린 영진이가 시키는 대로 하면 되지, 뭐. 수련회 계획 나쁘지 않은데?"

"하긴. 그 정도야 괴롭히는 것도 아니고, 좀 놀리는 것뿐이잖아. 애들도 재미있어 할 테고. 신소라도 애들하고 친해질 계기 될 수도 있잖아."

"맞아, 수련회 해프닝 같은 거지."

해프닝이라고? 혼자 무대 위에 서서, 차라리 발아래가 푹 꺼졌으면 바랐던 그때가 떠올랐다. 잘 추지 못하는 춤을 춰야 해서 창피한 것보다, 내 편이 한 명도 없다는 것이 슬펐다.

'장하리라면…. 그런 건 나쁜 일이라고 말할 거야.'

하지만 말할 수 없었다. 그랬다가는 이번엔 김영진이 나를 혼자 무대에 세울 것만 같았다.

04

신소라는 김영진이 친 덫에 덥석 걸려들었다. 신소라는 싫다는 말을 할 줄 모르는 아이 같았다. 코스튬플레이를 하자는 말에도 고개를 끄덕거렸고, 틱톡에서 화제가 된 애니메이션 댄스를 추자는 말에도 고개를 끄덕거렸고, 일곱 명이 입을 코스튬플레이 의상을 혼자 다 만들라는 말에도 고개를 끄덕거렸다. 혼자 덤터기를 쓰는 셈인데도 아이들에게 어떤 의상을 입고 싶냐고 물어보기까지 했다.

'네가 그렇게 신경 써 봤자 애들 그거 안 입는다고, 바보야.'

신소라의 착함이 답답했다. 신소라도 나처럼 싫다는 말을 하지 못하는 게 아닐까, 그런 생각에 신경이 쓰였다. 김영진과 다른 친구들이 신나게 의상을 고르는 동안, 나는 계속해서 신소라에게 텔레파시를 보냈다. 지금이라도 싫다고 해, 옷 일곱 벌을 어떻게 혼자 다 만드냐고 따지라고. 하지만 신소라는 내 텔레파시를 수신하지 못한 듯, 손가락만 꼼지락거릴 뿐이었다.

"옷 만드는 거, 내가 도와줄게."

말하자마자 후회했다. 내가 그렇게 말하자마자 친구들의 표정은 굳고, 신소라의 표정은 밝아졌다. 김영진이 나를 보는 눈빛에서 백만 볼트 전기가 쏟아져 나오는 듯 했다. 하지 말걸. 이런 말 하지 말걸. 하지만 이미 뱉은 말을 주워 담을 수는 없었다. 나는 최대한 아무렇지 않은 척, 김영진과 눈을 마주치지 않으려고 신소라에게 시선을 고정했다.

"가희야. 그럼 오늘 수업 끝나고 우리 집에 같이 갈래? 간단하게 단추만 옮겨 달아도 되는 것도 있거든. 그런 건 가희 네가 가져가서 고쳐 줘."

"그래. 같이 가자."

나는 '장하리'다. '장하리'처럼 대답한 것뿐이다. 그러니 신소라가 아무리 노려봐도 꿀릴 것 없다. 없고말고. 그렇게 되뇌지 않으면 옆얼굴에 쏟아지는 시선에 금방이라도 "취소, 취소할게!"라고 외칠 것만 같았다.

$+$ $+$ $+$

학교가 끝나고, 신소라는 나와 친구들 사이에 섞여 학교 현관을 나섰다. 김영진은 내게 화가 났다는 티를 노골적으로 팍팍 내며 앞장서서 걸었다. 다른 애들이 내게 말을 걸면 눈을 부라리며 그 아이의 팔을 잡아끌었다. 결국 나와 신소라만 단둘이 뒤처져 걷게 되었다. 학교 운동장을 빠져나와 김영진과 헤어지니 숨통이 트였다.

"저기… 가희 너는 혹시 좋아하는 만화 있어?"

신소라가 내게 말을 걸었다. '라라'와 만화 이야기를 하게 되다니. 이게 바로 성공한 덕후 '성덕'이 아니고 뭐란 말인가. 새삼 신소라를 '라라'라고 생각하니 가슴이 두근거렸다.

"나 좋아하는 만화 엄청 많아. '소녀의 모험' 같은 순정만화도 좋아하고, '작전명 댄저' 같은 소년만화도 좋아해. 웹툰도 많이 봐."

"정말? 너도 만화 좋아해? 다행이다. 아까 애들이 코스튬플레이 하자고 말해 준 것도 기뻤어. 사실 나 원래 코스튬플레이 하거든. 애들이 이상한 취미라고 여길까 봐 아무한테도 말 못 했어. 초등학교 때에는 같은 반에 만화 좋아하는 애들이 많았는데, 중학교 오니깐 아무도 없는 것 같더라고. 다들 아이돌 이야기만 하고."

"나는 초등학교 때에도 만화 좋아하는 친구는 없었어. 사촌 언니 빼고는 만화나 애니메이션 이야기 해 본 적이 없어."

신소라와 재잘재잘 떠들며 아파트로 이어지는 골목으로 접어들었다. 빵집과 야채가게가 쭉 늘어선 아파트 앞 상점가를 지나 아파트 뒷문과 연결된, 풀이 무성한 좁은 길로 들어섰을 때였다. 어디선가 날카로운 고양이 울음소리가 들렸다. 나와 신소라는 서로를 마주본 후 소리가 난 쪽으로 조심스럽게 다가갔다. 세 명의 남자가 고양이를 둘러싸고 서 있었다. 남자들은 근처의 고등학교 교복을 입고 있었다. 그들 중 한 명이 고양이 목에 밧줄을 걸고 이리저리 휘두르고 있었다. 고양이는 뒷발로 간신히 버티고 서서, 공중에 매달려 고통스러워하고 있었다. 밧줄이 움직일 때마다 새된 비명 같은 울음소리가 고양이의 목에서 터져 나왔다.

"저게 무슨 짓이야? 어떻게 하지? 고양이를 구해야 돼."

나는 어쩔 줄 몰라 발을 동동 굴렀다. 당장이라도 달려 나가 고양이를 품에 안고 달아나고 싶었다. 하지만 상대는 고등학생이다. 힘으로 이길 수 없는 거야 당연하고, 달리기 도 분명 저쪽이 더 빠를 터였다.

'내가 진짜 마법소녀였다면, 장하리였다면 이럴 때 망설 임 없이 나설 텐데!'

내가 아무리 '장하리'인 척을 해도 나는 나일 뿐이다. 소 심하고 무능력한 주가희. 괴롭힘을 당하는 고양이를 앞에 두고 아무것도 하지 못하는 내가 너무나 미웠다. 목에 건 펜던트가 부끄러워서 벗어 버리고 싶었다. 나는 펜던트를 한 손으로 꽉 부여잡았다.

"교장 선생님이 기르는 고양이. 빨리 찾으면 좋겠다."

내 옆에서, 떨림 섞인 커다란 목소리가 터져 나왔다. 신 소라는 수풀 뒤에 쭈그리고 앉아, 연극 대사를 외우듯 외쳤 다. 신소라의 무릎 위에 놓인 손이 작게 떨리고 있었다. 신 소라도 겁을 먹은 게 분명했다. 나 혼자 겁먹은 게 아니라 는 것을 알자, 이상하게 약간 용기가 났다.

"그, 그러게! 어디 갔을까!"

나는 얼른 신소라의 말을 받았다.

"교장 선생님이 고양이 엄청 아끼잖아."

"혹시 누가 고양이 괴롭히고 있는 건 아니겠지?"

"설마. 그럼 교장 선생님이 당장 경찰에 신고할걸?"

목소리의 떨림이 점점 사라졌다. 나와 신소라는 정말로 대화하듯이 척척 말을 주고받았다. 한 번 상의한 적도 없는 이른바 '즉석 사이퍼' 공연이었다.

"동물학대로 잡히면 벌금 3천만 원이래. 우리 교장 선생님 성격으론 어떻게든 벌금 최고형 받게 할 게 분명해."

"교장 선생님, 높은 사람도 많이 알잖아."

당연히 거짓말이다. 내가 교장 선생님을 어떻게 알겠는가! 하지만 우리 학교 교장 선생님이 어떤 사람인지 모르는 건, 고등학생들도 마찬가지다. 고양이를 괴롭히던 고등학생들의 움직임이 멈칫, 느려졌다. 그들은 주변을 살피듯 사방을 두리번거리더니 자기들끼리 무언가 쑥덕거렸다. 곧 고양이 목에 줄을 감고 있던 사람이 손에서 밧줄을 놓았다. 세 사람은 바닥에 내팽개쳐 놓은 가방을 들더니, 아파트 안으로 유유히 걸어 들어갔다. 그들이 나와 신소라가 몸을 숨긴 수풀 더미 근처에서 완전히 멀어졌을 때에도, 고양이는 밧줄이 목에 걸린 채 힘없이 바닥에 누워 있었다.

"간 것 같아. 고양아, 괜찮니?"

나와 신소라는 수풀 뒤에서 나와 고양이에게로 향했다. 고양이는 경계하듯 몸을 낮추고 두어 발자국 뒤로 물러섰지만, 목에 걸린 밧줄이 무거운 듯 뛰어서 도망가지는 않았다. 자세히 보니 밧줄 끝에는 무거운 돌덩이가 묶여 있었다.

"돌에 묶인 쪽을 먼저 풀면 고양이가 목에 밧줄을 멘 채 도망칠 것 같아. 그럼 어디에 밧줄이 걸려서 위험해 질 수도 있어."

"고양이 목에 걸린 걸 먼저 풀어야겠다."

나와 신소라는 조심스럽게 한 걸음씩 고양이에게 다가갔다. 고양이가 붉은 입 안을 드러내며 시익, 거친 숨소리를 냈다. 나는 움찍, 한 발 뒤로 물러섰다.

"화났나?"

"하악질 하는 건 화나서가 아니라 무서워서래. 괜찮아.

우린 널 해치지 않아."

신소라는 아주 조금씩 고양이와의 거리를 좁혔다. 고양이의 하악질이 점점 잦아들더니, 신소라가 등을 붙잡을 즈음이 되자 얌전히 신소라에게 몸을 내맡겼다. 신소라는 재빨리 고양이의 목에서 밧줄을 벗겨냈다. 고양이는 몸을 두어 번 부르르 떨고는 수풀 안으로 사라졌다.

"소라야, 너 고양이 키워? 고양이에 대해 잘 아는 것 같아."

"응. 우리 집 고양이는 개냥이야. 사람 완전 좋아하고 낯도 안 가려. 손님이 와도 도망 안 가고 발에 몸 막 부비고 그래."

함께 고양이를 구해서일까. 신소라가 부쩍 친근하게 느껴졌다. 나는 아파트로 걸어가면서, 신소라에게 엄지를 들어 보였다.

"아까 너 멋있었어. 어떻게 그런 생각을 했어?"

내 말에, 신소라는 손을 내저었다.

"아니야. 멋있기는. 심장 터지는 줄 알았어. 나 사실 엄청 겁쟁이거든."

아파트 안으로 들어가, 엘리베이터를 탔다. 신소라는 7층 버튼을 꾹 누르곤 내게로 바짝 붙어 서서는 귓가에 속삭였다.

"아까는 내가 요즘 좋아하게 된 캐릭터 흉내 낸 거야. 그 캐릭터라면 이럴 때 어떻게 했을까, 하고. 진짜 용기를 내야 할 때에 쓰는 방법이야. 창피하니깐 애들한테는 비밀로 해 줘."

걱정 마. 나도 그래. 그렇게 말하고 싶은 걸 꾹 참았다.

'신소라, 얘는 정말 나와 닮은 점이 많네.'

만화와 애니메이션을 좋아하고, 코스튬플레이를 좋아하고, 좋아하는 캐릭터를 떠올리며 자신의 약점을 이겨낼 힘을 얻는다. 그래서일까. 김영진이나 다른 친구들과 있을 때보다 편하고 즐거웠다. 그래서 더 양심의 가책을 느꼈다.

'김영진이 세운 계획을 말해 줘야 하는 거 아닐까. 하지만 그걸 말하면….'

김영진은 더 이상 나를 자기 그룹에 두지 않을 거다. 무시하는 정도가 아니라 처음부터 친구였던 적이 없던 것처럼 휙 빼내어 버릴 거다. 부탁을 들어주지 않았다고 사람을 투명인간 취급하는 애가, 자기 계획을 어그러뜨린 사람을 용서할 리가 없다.

말해야 할까. 말하지 말아야 할까.

엘리베이터는 순식간에 7층에 도착했고, 엘리베이터 문이 열렸다. 신소라는 앞장서 엘리베이터에서 내려, 현관문 키패드를 눌렀다. 신소라네 집 현관문이 활짝 열렸다.

"들어와. 아빠랑 엄마는 맞벌이라서 두 분 다 안 계시니깐, 눈치 볼 사람 없어."

고민은 보류다. 나는 신소라를 따라 집 안으로 들어갔다.

'일단 오늘은 옷만 챙겨가고, 다시 생각하자.'

그렇게 마음먹고 거실을 지나 신소라의 방으로 향했다. 신소라가 방문을 연 순간, 나는 깜짝 놀라 문턱에 멈춰 섰다. 방문 맞은편 벽에 걸려 있는 포스터 때문이었다.

"소라야. 저거…."

"가희 너도 저 작품 알아? 예전 애니라서 내 친구들은 아무도 모르는 거 있지. 엄마가 저 작품 DVD랑 만화책을 다 가지고 있어서 얼마 전에 봤거든? 진짜 재미있어! 《마법소녀 장하리》!"

포스터에서 환하게 웃고 있는 캐릭터는 '장하리'였다. 그것도 내 방에 붙어 있는 것과 똑같은 포스터였다.

"지금 내 최애가 장하리야."

고양이 구할 때도 장하리 흉내 낸 거야, 라고 말하며 신소라는 웃었다.

나는 도저히 웃을 수 없었다.

05

최애가 같다. 그것만으로 모르는 사람과도 영혼의 동지가 될 수 있다. 만화 속 캐릭터든 연예인이든, 같은 사람을 좋아한다는 것은 비슷한 취향을 가졌을 확률이 높다. 좋아하는 대상의 개성, 성격, 성장 환경 등에 공감하거나 동경한다. 최애와 닮고 싶어 노력하기도 한다. 서로 그 마음을 이해하기에, 최애가 같은 사람들은 서로에게서 동질감을 느낀다. 무엇보다 즐겁다. 최애의 이야기를 하는 것만으로도 시간 가는 줄 모르고 떠들 수 있다.

그 영혼의 동지가 함정으로 걸어 들어가는데도 모르는 척 하고 있어야 하다니. 나는 읽고 있던 만화책을 베개 옆에 내려놓았다. 『마법 소녀 장하리』의 코믹스 판이다. 절판되어서 지금은 만화 박물관에 가야만 볼 수 있는 희귀한 책이다. 이 귀한 걸, 신소라는 내가 『마법 소녀 장하리』를 좋아한다고 하자 망설임 없이 빌려줬다. "애니메이션만으로는 장하리의 매력을 다 알 수가 없어!"라고 하면서.

신소라의 말대로였다. 일요일 내내, 나는 애니메이션에서는 삭제된 오리지널 스토리가 가득한 만화책을 읽느라 시간 가는 줄 몰랐다. 하지만 일요일 저녁이 되어, 내일 학교에 갈 생각을 하자 가슴이 답답해졌다.

신소라에게 김영진이 세운 계획을 알려줄 것인가, 말 것인가.

만화책을 읽는 동안 잠시 잊어버리고 있던 고민이 다시 머릿속을 가득 채웠다.

'소라는 좋은 애야. 그리고 김영진은….'

김영진은, 정말로 나를 친구로 여기긴 하는 걸까. 김영진이 나를 대하는 눈빛을 볼 때마다 혼자 무대에 서서 절망하던 그날이 떠오른다. 그날, 무대 아래에서 나를 보던 최은아와 이혜진의 눈빛. 자기들끼리 깔깔거리며 웃던 그 표정. 내가 그런 일을 겪은 건 내가 소심한 '주가희'이기 때문이라 생각했다. 소심해서 싫은 말 한 마디 제대로 못한 내가 문제라고 말이다. 최은아처럼 아이돌 연습생이 될 수는 없으니깐, 그 성격만이라도 고쳐야 새로운 삶을 살 수 있을 거라 믿었다. 그렇기에 '장하리'를 연기하기로 결심한 거였다. 언젠가는 정말로 '장하리'처럼 될 수 있기를 꿈꿨다.

'하지만 결국 흉내를 낼 뿐이잖아. 장하리는… 장하리라면 이런 거, 고민도 하지 않았을 거야. 김영진이 세운 계획은 아무리 봐도 악당 거잖아.'

이 상황이 《마법소녀 장하리》 속이었다면 김영진은 악당이었을 거다. 그것도 1화만에 퇴치되는 잔챙이 악당! 하지만 현실은 만화가 아니고, 나는 장하리가 아니다. 김영진이 벌을 받을 일도 없을 거다. 나는 여전히 소심한 주가희일 뿐이다.

벽에 붙은 포스터 속 '장하리'와 눈이 마주쳤다. 나는 침대에서 일어나 벽에서 포스터를 뗐다. '장하리'를 보는 것이 부끄러워서, 도저히 포스터를 붙여 놓을 수가 없었다.

✦ ✦ ✦

"스톱! 주가희, 너 제대로 안 해? 박자가 늦잖아!"

김영진은 음악을 껐다. 나는 그대로 얼어붙었다. 김영진은 짜증이 가득한 표정으로 나를 봤다.

"너 M&M 무대, 평소에 안 봐? 왜 이렇게 안무 외우는 게 느려? 앞으로 사흘 뒤가 무대인데 어쩌려고 그래?"

일요일 오후마다 공원 한쪽에 모여 안무 연습을 한지 어느새 한 달이 가까워진다. 사흘이 지나면 수련회가 열리는 평창에 간다.

"방금은 내가 늦은 게 아니라, 영진이 네가 빨리 나온 거야."

"뭐? 주가희. 너 지금 내가 틀렸다는 거야? 난 제냐 언니 파트는 완벽하게 외우고 있다고!"

김영진의 목소리에 한층 더 날이 섰다.

"영진아, 네가 참아. 가희가 바빠서 연습을 못했나보지."

"그래. 의상 만든다고 학교에서도 신소라와 붙어 있잖아."

"그래도 영진이 네가 잘하니깐, 우리가 일등 하는 데는 문제없을 거야."

다른 친구들이 김영진을 달랬다. 한참 뒤에야 김영진은 마음이 풀린 듯, 내게로 다가와 친한 척 손을 붙잡았다.

"가희야. 정신 차려. 그 의상, 어차피 쓰지 않을 거 알면서 왜 그렇게 열심히 해? 신소라 골려 주는 데 그렇게 에너지 쓸 필요 없다고. 중요한 건 우리가 같이 하는 무대야. 그렇지?"

"…나, 약속 있어서 먼저 가 볼게."

내가 그렇게 말하자, 김영진은 잡고 있던 내 손을 던지듯 놨다.

"그래. 가. 연습은 우리끼리 하지, 뭐."

나는 공원 한쪽에 놓아 둔 가방과 쇼핑백을 들고 김영진의 무리에서 등을 돌렸다. 내 등 뒤로 김영진의 말이 따라 붙었다.

"가희, 좀 너무하지 않아? 우리보다 오타쿠랑 노는 게 재미있나 봐."

"혹시 가희도 오타쿠 아냐? 우리 모르게 막 만화책 보면서 '오빠 사랑해요.' 이럴지도 몰라."

웃음소리가 공원 안에 울려 퍼졌다. 나는 울음이 새어나올 것 같아 입을 꽉 다물고 그들에게서 멀어졌다.

'만화 속 캐릭터 좋아하는 게 뭐 어때서? 현실에 존재하고 하지 않고 그게 그렇게 중요해? 직접 대화 못 하고, 만날 수 없다는 점에서 캐릭터랑 아이돌이 다를 게 뭔데?'

수련회 발표가 났을 때에는 무척 설레었다. 수련회는 힘들기만 하고 재미없다고 말했던 애들도 저마다 장기자랑 준비에 열심이다. 중학생이 된 후 처음으로 반의 모두와 떠나는 여행이니, 누구든 기대하지 않을 수 없다. 무언가 특별한 일이 일어날 것 같은 설렘이 반 전체에 가득 찼다. 내가 기대한 건 작은 즐거움이었다. 장기자랑 연습이 끝나고 친구들끼리 먹는 떡볶이, 무슨 옷을 입고 갈까 하고 수다를 떨고 주말에 같이 쇼핑을 하러 가는 그런 일들이다. 그래서 처음 안무 연습을 시작했을 때, 나는 무척 열심히 했다. 내가 춤을 잘 추지 못하는 편인 것을 알기에, 그리고 신소라에 대한 미안함을 잊어버리려고 연습을 하고 또 했다.

'내가 실수한 게 아니야. 연습 초반부터 그랬어. 김영진은 자기 파트만 완벽하게 외웠을 뿐이지, 다른 사람하고 맞출 생각은 조금도 안 하잖아. 김영진이 박자보다 빠르게 나오면 눈치껏 뒤로 물러나 줘야 하고, 느리게 나오면 빠르게 나와야 하고…. 다들 김영진 눈치 보기에만 바빠.'

하지만 김영진과 함께 하는 장기자랑 준비는 전혀 즐겁지가 않다. 나는 손에 든 쇼핑백을 내려다보았다. 쇼핑백 안에는 《마법소녀 장하리》 만화책과 코스튬플레이 옷이 들어 있다. 나는 빠른 걸음으로 공원을 나갔다.

"어서 와. 가희야."

문을 열어주는 신소라의 이마에 땀이 송골송골 맺혀 있었다.

"뭐 하고 있었어?"

"춤 연습. 볼래? 나 이젠 좀 괜찮게 추는 것 같아."

나는 신소라네 집 거실 소파에 가방과 쇼핑백을 내려놓았다. 신소라는 춤 연습에 열심이다. 각자 춤 연습을 한 뒤에 수련회 날에 한 번 맞추어 보고 무대에 올라간다는 김영진의 말을 철석같이 믿고 있는 것이다. 애니메이션 오프닝에 나오는 간단한 춤이지만, 가르쳐 주는 사람 없이 혼자 연습하는 건 쉬운 일이 아니었다. 나와 신소라는 머리를 맞대고 애니메이션 장면을 하나하나 캡처한 뒤에 한 동작씩 따라 공책에 그려 나갔다.

"나도 의상 완성했어. 네가 만들어 준 거, 단추만 단 것뿐이지만."

나는 쇼핑백 안에서 옷을 꺼냈다. 《마법소녀 장하리》가 변신했을 때 입는 옷이다. 김경진과 다른 친구들은 영화 속 캐릭터 옷을 골랐지만, 나와 신소라는 함께 '장하리' 코스튬플레이를 하기로 했다. 신소라가 신이 나서 건넨 제안을, 도저히 싫다고 할 수가 없었다. '장하리'의 옷을 함께 만드는 것도 정말 재미있었고, 함께 애니메이션 댄스를 연습하는 것도 즐거웠다. 그래서 지난 한달간, 애써 현실을 외면했다.

이렇게 즐겁게 만든 '장하리' 옷을, 나는 입을 일이 없다는 것을.

그렇다. 나는 아직까지도 신소라에게 김영진의 계획에

대해 털어놓지 못한 채다. 이대로라면 신소라는 김영진의 계획대로 혼자 코스튬플레이 복장을 하고 무대에 나설 것이다. 나는 M&M이 입었던 아이돌 복장을 하고, 친구들과 뒤에서 그런 신소라를 바라보게 될 거다. 아마도 신소라와 눈도 마주치지 못할 거다. 무대 아래에서 나를 보며 웃던 이혜진처럼, 옆에 선 사람과 웃을지도 모른다. 신소라에 대한 미안함을 감추려고 일부러 더 모른 척할 수도 있다.

"아니야. 가희 너 손끝이 정말 꼼꼼하더라."

신소라는 내가 마무리해 온 옷을 꺼내 살피며 나를 칭찬했다.

"저기, 소라야. 나 네 인스타그램 봤거든. 네가 '라라' 맞지? 방구석 코스튬플레이어. 왜 뒷모습만 찍어 올리는지 물어봐도 돼?"

신소라의 얼굴이 빨개졌다.

"봤어? 부끄럽네. 맞아, 나야. 딱히 숨기는 건 아닌데, 만화에 관심 없는 애들이 보면 이상하다고 놀릴까 봐 반 애들한테 말하기는 좀 그렇더라고."

"그럼 들킬까 봐 얼굴 안 나오게 찍는 거야?"

"그건 아니야. 나는 내가 닮고 싶은 캐릭터만 코스튬플레이 하거든. 내가 그 캐릭터처럼 멋있는 사람이 되면 그때 얼굴도 공개하자고 마음먹었거든."

신소라는 자기가 완성한 옷도 보여 주겠다며 방 안으로 들어갔다. 나는 '장하리'의 옷을 만지작거리다가 입어 보았다. 방에서 옷을 가지고 나온 신소라는 내 모습을 보고 환호성을 지르더니, 다시 방에 들어가 옷을 입고 나왔다.

"우리 같이 춤 맞춰 보자!"

나와 신소라는 함께 코스튬플레이 옷을 입고, 거실에서 신나게 춤을 췄다. 춤을 추면서 신이 나서 깔깔 웃었다. 땀이 나도록 춤을 추고, 아이스크림을 먹었다. 집으로 돌아오는 내내, 입 안에 단맛이 남아 있었다.

'아무리 생각해도, 혼자 무대에 섰던 그 기분을 다시 경험하고 싶지는 않아.'

이게 '장하리'인 척을 하는 내가 아닌, 소심한 주가희의 진심이다.

집에 돌아온 나는, 떼어냈던 '장하리'의 포스터를 다시 벽에 붙였다. 그리곤 침대에 앉아 골똘히, 포스터를 들여다

보며 생각에 잠겼다.

06

수련회 첫날 밤, 장기자랑을 준비하는 아이들은 저마다 바빴다. 나도 마찬가지다. 김영진은 숙소에 돌아오자마자 나를 비롯한 친구들을 자기 방으로 불러들였다.

"머리 좀 더 잘 말아 봐. 내게 제냐 역할인데, 제일 예뻐야 할 거 아냐."

김영진은 고데기로 머리를 말아봐라, 의상의 주름을 펴 달라, 온갖 요구를 했다.

"가희야. 신소라한테는 말 잘 전했지? 우리 팀 이름 불리면 제일 먼저 무대에 나가라고."

"응. 소라가 무대에 올라가면 애니메이션 음악이 나올 거고, 거기에 맞춰서 먼저 춤을 추고 있으면 우리가 한 명씩 무대 위에 올라가서 함께 추기 시작할 거라고 했어."

거울 속에 비친 김영진이 만족스러운 듯 웃었다.

"잘했어. 다들 알지? 우리가 무대에 다 같이 올라가면 애니메이션 음악이 멈출 거야. 그럼 차례대로 망토 벗고, M&M 음악에 맞춰서 춤을 추는 거지. 신소라의 바보짓으로 시선을 끌고, 그 시선을 다 우리한테 집중시키는 거지."

"알았어. 걱정하지 마. 나 옷 갈아입고 올게."

나는 의상을 챙겨 들고 화장실로 향했다. 화장실 안에서 의상을 갈아입고 망토까지 썼다. 목이 허전했다. 중학생이 된 후 계속 걸고 다니던 펜던트 목걸이를 벗은 탓이다. 펜던트 목걸이는 집의 책상 서랍 속에 얌전히 놓여 있다.

'나는 장하리가 아냐. 장하리가 될 수 없어.'

망토를 뒤집어쓰고 화장실을 나와, 장기자랑을 하는 무대 쪽으로 향했다.

"빨리 와. 빨리!"

김영진과 친구들은 나보다 먼저 무대 아래에 도착해 있었다. 내가 친구들 사이에 서자, 김영진은 무대 바로 앞쪽을 가리켰다.

"저기 봐. 신소라 긴장 엄청 했더라. 아까 열심히 하자고 말 걸었더니 대답도 제대로 못 하는 거 있지. 진짜로 자기가 우리 팀이 된 거라고 생각하나 봐."

"신소라. 오타쿠 커밍아웃 하는 날이네."

키득키득, 웃음소리가 친구들 사이에서 피어올랐다. 나도 웃었다. 무대 위에서 우리 팀명을 불렀고, 애니메이션 음악이 울려 퍼지기 시작했다. 무대 바로 앞에 서 있던 신소라가 용수철처럼 무대 위로 뛰어 올라갔다. 무대를 보는 아이들의 함성 소리가, 무대 뒤에까지 울려 퍼졌다.

"뭐야, 저거 코스튬플레이?"

"꽤 좋은데?"

"쟤 누구야?"

웅성거리는 목소리가 음악 소리에 섞여 들렸다.

"뭐야. 생각보다 반응 괜찮네?"

"저런 오타쿠 같은 게 뭐가 좋다고. 이젠 우리 올라가자."

김영진이 앞장서서 무대 위로 향했다. 나는 일렬로 선 친구들 가장 끝에 서서, 무대로 올라갔다. 망토를 쓴 김영진이 무대에 나타나자 관객의 시선이 일제히 그쪽으로 쏠리는 것이 느껴졌다. 무대에 올라가면서 관객석 쪽을 보자, 신소라가 무대 가장 앞쪽에서 열심히 춤을 추고 있었다. '장하리' 의상을 입고, 나와 함께 연습한 춤을 혼자서 추는 신소라. 나까지 무대에 올라가자 애니메이션 음악이 뚝 끊겼다. 신소라는 당황한 듯 춤추기를 멈추고, 뒤를 돌아보았다.

'내 편이 아무도 없던 그때로 돌아가진 않을 거야. 절대로.'

김영진이 망토를 벗음과 동시에 M&M의 음악이 시작되었다. 김영진 옆에 서 있던 친구들도 한 명씩 망토를 벗었다. 김영진은 무대 중앙으로 걸어 나갔다. 신소라는 무슨 상황인지 모른 채 어리둥절, 김영진을 볼 뿐이었다. 망토를 벗은 다른 친구들도 김영진의 옆으로 갔고, 음악에 맞추어 안무가 시작되었다. 신소라는 서 있을 곳을 잃은 사람처럼 무대 옆쪽으로 엉거주춤 물러섰다.

드디어 내 차례다. 나는 망토를 벗어 던졌다.

"주가희, 너…."

무대 중앙으로 나가, 김영진의 옆을 스쳐 지나갔다. 김영진이 내 이름을 불렀지만 못들은 척, 신소라를 향해 직진했다. 망토 아래 입고 있던 '장하리'의 의상에 달린 비즈가 조명 아래에서 반짝반짝 빛났다. 나는 무대 옆에 비켜 선 신소라의 손을 잡고, 무대 중앙으로 이끌었다.

"가희야. 이게 대체…."

"괜찮아. 같이 춤추자. 우리는 우리 춤 추면 돼."

나와 신소라는 무대 중앙에 나란히 섰다. 나는 애니메이션 댄스를 추기 시작했다. 박력 넘치는 M&M의 음악에는 전혀 어울리지 않는, 반복적이고 웃긴 동작들을 최대한 크고 자신감 넘치게 췄다. 내 옆에 서서, 우물쭈물하던 신소라도 조금씩 나를 따라 다시 춤을 췄다.

"뭐냐, 쟤네. 같은 팀 아냐?"

"저거 웃긴다. M&M 음악인데 저 애니메이션 춤이 딱 맞아! 저 둘 밖에 안 보여."

"뒤의 M&M 카피댄스 하는 애들이 백댄서 같은데?"

관객석의 수군거림이 무대 위로 날아들었다.

"주가희, 너 두고 봐. 이런 식으로 무대를 망쳐?"

춤을 추는 척, 내 옆으로 다가온 김영진이 속삭였다. 나는 어깨만 으쓱여 보였다. 그리고 더욱 신나게 춤을 췄다. 춤을 추다 신소라와 눈이 마주치자, 신소라는 환하게 웃었다.

'장하리라면 이런 방법을 택하지는 않았을 거야.'

'장하리'라면 좀 더 근사하게, 나쁜 계획을 세운 김영진에게 통쾌한 복수를 했을 거다. 하지만 나는 '장하리'가 아니니까 그렇게는 할 수 없다. 그래서 나는, 나다운 방법으로 신소라의 편이 되기로 했다. 그것이 내가 '장하리'의 포스터를 들여다보며 내린 결론이었다. 정말로 '장하리'처럼 멋진 사람이 되면, 그때에 다시 목에 걸자고 맹세하고 펜던트 목걸이를 벗었다.

"가희야, 진짜 신난다. 그치!"

신소라가 외쳤다.

"응. 신나! 정말로! 우리가 최고야!"

혼자 무대에 서서 내 편은 없다고 슬퍼하는 일은 이젠 없을 것이다. 내가 나 아닌 누군가의 흉내를 내지 않아도, 옆에 있어줄 친구가 생겼으니깐. 나는 '장하리'가 될 필요가 없다. 나는 나, 소심한 주가희인 채로 멋있어 질 수 있는 방법을 찾을 거다.

그렇게 될 때까지는 '소심한 주가희'가 내 최애다.

정재희

흑미볌인 줄 몰랐어

당황한 나머지 촛불에 손날을 살짝 델 뻔했다. 침착하자. 심호흡을 하고 두 번째 사연자의 찻물을 따랐다. 이번에는 더 집중했다. 조심히 찻잔 속을 확인하는 순간 경악했다. 망했다. 또 고양이였다. 이번엔 꼬리가 잘려 있었다.

흑마법인 줄
몰랐어

"애애오오오옹!"

현관문을 열기도 전이었다. 날카로운 울음과 함께 우당
탕 떨어지는 소리가 들렸다. 다행히 유리관이 깨어지는 소
리는 아니다. 시험 중인 약제를 숨겨두길 다행이었다. 약장
뒤에서 조그맣게 부스럭거리는 소리가 났다. 숨어 있던 건
역시 녀석이었다. 눈이 마주치자마자 후다닥 도망치려는
걸 붙들자 한 움큼의 털이 빠졌다. 다른 고양이들에게 어지
간히 당하는 모양이지. 그동안 네가 한 짓을 생각하면 이
정도가 다행인 건가.

병원에 데려가도 목욕을 시켜도 순하디순했던 내 고양이들. 이 녀석을 데려온 첫날, 모두 발톱을 세우고 하악질을 해서 얼마나 곤혹스럽던지. 길거리에 내보내고 싶던 게 한두 번이 아니었지만 그건 안 되지. 일단은 잘 보살펴줄 거야. 아직 할 일이 남아 있으니까. 기운 없이 날 쳐다보는 녀석을 안아 들자 아래가 축축했다. 한숨이 절로 나왔다. 하필 펜타클 매트에 실례를 하다니. 중성화 수술을 해버리는 수가 있다.

녀석은 목소리도 크고 키도 크고 싸움도 잘했다. 녀석의 무리는 눈썹 가장자리 일부를 사선으로 하얗게 밀고 침을 뱉으며 몰려다녔다. 빌려 간다며 물건을 빼앗고 엄마 잃은 염소처럼 속어를 섞어 말하며, 툭 하면 상의를 젖혀 속옷 상표를 노출하는 멍청한 부류. 녀석은 기억도 못하겠지만 나도 어릴 때 크게 당한 적이 있었다. 무리는 정학이나 경고를 받으면서도 퇴학만은 면하고 있었다. 걔들이 사고를 치면 털털거리던 에어컨이 매끈한 신형으로 바뀌고 페인트가 새로 칠해지거나 농구 골대가 바뀌었다. 학교 컴퓨터가

느리다고 투덜거리는 애들은 은근히 다음 차례를 기다렸다. 그러거나 말거나, 나에게는 나의 일이 있으니까. 나는 최근 얻은 아이템 영상을 유튜브에 올리며 생각했다.

부모님께 걸리지만 않았어도 지금쯤 10만 뷰는 거뜬했을 텐데. 하필 막 조회수 그래프가 치솟고 있을 때였다. 나는 계정을 빼앗겼고 한 달간 인터넷 사용을 금지당했다. 석 달이나 착한 아이 행세를 한 덕분에 겨우 각서를 쓸 수 있었다. 수익은 저축할 것, 성적을 유지할 것, 너무 깊이 빠지지 말 것, 졸업할 때까진 계속 비밀로 할 것. 마지막 것이 가장 쉬웠다. 요즘은 학교에서 나를 드러내지 않으니까. 눈에 띄지 않는 외모는 이럴 때 유리하다. 같은 반의 무난하고 독립적인 아이. 그거면 충분했다. 교실에 들어설 때는 발꿈치를 슬쩍 들고 걸었고 누군가 말을 걸면 수줍은 척했다. 내가 아예 외톨이인 건 아니다. 혼자 다니면 타깃이 되기 쉬우니 적당히 어울릴 줄도 알아야 한다. 몇 번의 따돌림을 겪고 나니 학교에선 묻혀 있으면 안전하다는 걸 깨달았다. 둘 중 하나면 좋다는 거지. 비슷하거나 뛰어나거나. 후자보단 전자가 쉽다. 아이들 사이의 유행을 알아야 했다.

피규어나 만화책, 영화, 유행하는 노래와 춤…. 이런저런 효율성을 따져보니 그냥 아이돌을 좋아하는 척하면 간단했다. 포악한 무리의 눈에 띄지 않게 최대한 조용히 지내자. 다행히 녀석은 중학교에 온 뒤론 더 이상 내게 관심을 두지 않았다. 괴롭힐 애들이 더 많아졌으니까. 그러던 내가 다시 녀석에게 휘말리게 된 것은 졸업을 한 학기 남겨둔 여름, 학교 뒷산에서 일어난 사건 때문이었다.

우리 학교는 산자락에 있다. 교실에서 창밖을 보면 굵고 오래된 아름드리가 빽빽하고 계절마다 꽃이 피고 지는 풍경이 근사하다. 산책로를 벗어나 숲에 들어가면 산나물과 약초도 있었다. 곳곳에 경고문이 붙어 있었지만 봄이면 쑥이나 두릅을 따서 한 아름 들고 가는 사람들이 흔했다. 등산로를 크게 벗어나지는 않았지. 산짐승들이 있으니까. 고라니는 보통이고 여우나 멧돼지를 만났다는 사람도 있었다. 등산로 주변은 아이들과 고양이의 만남의 장이었다. 먹이나 물을 챙겨 주다 보니 고양이들도 제법 애교가 생겨서 교내 동아리 마스코트가 되기도 했다. 대대로 붙여 준 이름으로 족보를 만들기도 했다. 어미를 잃거나 다친 고양이는 누군가 입양하는 분위기였다. 내가 키우는 고양이 두 마리도 그렇게 데려왔다. 등산로에서 멀지 않은 느티나무에 잔인하게 살해당한 고양이 사체가 걸리자 학교가 발칵 뒤집힌 것은 당연했다.

"이번엔 불에 그을리기까지 했다며?"

"야, 좀 작게 말해. 뽀또 이름 붙여준 거 쟤잖아."

엎드려 어깨를 들썩이는 내 짝을 가리키는 말이었다.

"죽이는 것도 모자라서 그런 짓을 하다니···. 너무 잔인해."

"일주일 사이에 벌써 두 번째야. 왜 범인을 못 잡는 거래? 귀찮아서 안 잡는 거 아냐?"

다른 애가 대화에 끼어들었다,

"산에 CCTV도 없잖아. 어떻게 잡겠어."

"설마 우리 학교 학생은 아니겠지?"

"하여튼 인간이 제일 잔인해."

목소리들이 매점을 향해 멀어지자 부스스 몸을 일으킨 짝이 휴지를 꺼내 눈물을 닦고 책과 필통을 챙기기 시작했다. 말려야 하나 갈등하는 사이 가방을 들고 일어난 그 애가 교실 문을 나서며 누구에게랄 것도 없이 말했다.

"어떻게 그 귀여운 애에게 그런 짓을 할 수가 있지? 천벌 받을 거야!"

목소리에 울음이 섞여 있었다. 분위기가 머쓱해졌다. 슬픈 거야 이해가 가지만 조퇴는 좀 아니지 않나. 안타까운 일이지만 범인이 잡히길 기다리는 수밖에. 나는 어깨를 한 번 으쓱하고 그 일을 곧 잊어버렸다.

✦ ✦ ✦

집에 들어서자, 고양이들이 다가와 머리를 부비거리며 반겼다. 요즘 사춘기에 접어든 막내만 빼고. 평소보다 늦게 들어온 탓이겠지. 잔뜩 심통이 나서 시끄럽게 애옹거리는 소리를 뒤로하고 컴퓨터를 켰다. '오컬트와 운명의 바퀴 기사단' 채팅방은 이미 열려 있었다. 사람들의 대화를 곁눈으로 보며 카메라를 준비하고 대기 이미지를 띄웠다. 라이브 방송을 하는 날이라 로브를 걸치고 조명을 낮췄다. 이번 주제는 찻잎 점술과 탈리스만. 지난번엔 긴장해서 할 말을 잊어버렸다. 채팅창을 읽으며 적당히 넘어갔지만 오늘은 단단히 준비했다. 오딘의 날을 상징하는 삼나무와 개암나무 가지, 개박하와 수선화도 가져다 놓았다. 꽃은 사 왔지만 나머지는 직접 키워서 말린 거다.

낮에 뒷산 움막에 들렀을 땐 당황해서 들고 있던 폰을 놓치고 말았다. 엉망이 되어 있었다. 도대체 누가…!

등산로에서 벗어난 곳이라 아는 사람은 거의 없었다. 관리인 할아버지를 설득하고 또 설득해서 얻어낸 움막이었다. 등산로의 쓰레기를 보이는 대로 줍겠다고 단단히 약속하고, 100개쯤 되는 규칙을 듣고도 모자라 불조심 포스터를 붙이는 것도 도왔다. 할아버지의 낡은 스피커에서 매일 똑같은 민요가 나오는 바람에 포기할까도 생각했지만 움막 구석의 작은 선반이 나에게는 몹시 중요했다. 만다라가 그려진 천 위에 그럴듯하게 허브를 늘어놓으니 뿌듯하고 신이 났다. 그런데 오늘, 그 소중한 선반이 부서져 있었다. 갈기갈기 찢어진 허브가 여기저기 흩어져 있고, 바닥에 나이프 하나가 떨어져 있었다. 구겨진 천 위로 어지럽게 찍힌 흙 발자국을 보는데 인기척이 들렸다. 잽싸게 움막을 나와 바위 아래 거목 뒤에 쪼그려 앉아 몸을 숨겼다.

"아예 불 질러서 한꺼번에 다 태워 버리는 건 어때?"

"그러니까! 한 마리씩 언제 다 잡아. 귀찮아."

"야, 여기 두고 간 나이프가 없어졌어. 할아범이나 마녀가 가져간 거 아냐?"

귀에 익은 목소리들. 얼굴을 확인할 필요도 없었다. 나는 바위 틈새를 빠져나가 부드러운 흙길을 요령껏 딛고 그곳을 벗어났다. 한참을 달려 길가에 이르러서야 참았던 숨을 몰아쉬었다. 보이지 않는 손이 심장을 움켜쥐고 있다가 놓아준 것 같았다. 긴장으로 겨드랑이가 축축했다. 어디선가 날카로운 비명이 들렸지만 진짜인지 환청인지 헷갈렸다.

명상 음악을 틀고 눈을 감았다. 나이프가 증거품이 될 수 있을까? 와중에 이걸 챙긴 건 잘했지. 교무실에는 내일 가면 된다. 지금은 머리를 비우자. 이마에 에너지 고리가 떠오르기를 기다리는 거다. 고리는 쉽게 맺히지 않는다. 가끔은 미간에서 동그란 빛을 발하는 상상을 한다. 그건 마치 피부 가까이에 닿을 듯 말 듯 손가락을 세우고 있는 것과

비슷한 느낌인데 강해지면 살갗이 저릿하다. 데카르트도 사람의 정신과 육체가 미간에 모인다고 말했다. 어쩌면 오컬트 주의자였을지도 모른다. 사실 오컬트 주의자가 아닌 사람은 없다. 스트레스가 많고 불안하면 누구나 미신을 믿는다. 엄마는 중요한 날에 미역국을 끓이지 않는다. 동생의 생일이 중간고사 기간이라 일부러 음력으로 챙긴다. 중세의 선원들은 부정을 막는 60가지도 넘는 방법을 알고 있었으며, 중요한 실험 전에는 꼭 어떤 의식을 치른다는 과학자도 한두 명이 아니었다. 아서 클라크라는 SF 작가는 고도로 발달한 과학은 마법과 구별되지 않는다고 말하기도 했다. 그런 마법을 취미 삼는 게 왜 나빠? 아니지, 마법은 취미가 아니라 삶 그 자체라고!

이제 방송을 시작할 시간이었다. 찻잔이 잘 보이게 카메라 각도를 조절한 다음, 시작을 알리는 싱잉볼을 두드렸다. 준비한 찻잔 속에는 상징적인 기호의 패턴과 시간을 나타내는 선이 가득 그려져 있다. 컵에 남아 있는 침전물의 형태로 운세를 점치기 위해서다. 첫 번째 사연은 자기를 괴롭히는 친구 때문에 괴롭다는 얘기였다. 돌려 말하고 있었지만, 저주하고 싶다는 거지. 얘도 성격 참 보통이 아니군. 나는 깊숙하게 눌러쓴 후드 속에서 몰래 혀를 찼다. 무슨 말을 해준담. 아직 다 외우지 못한 별자리 풀이를 들췄다. 화성과 토성은 처벌을 관장하고 오행의 금은 자르고 끊어내는 힘을 의미한다. 하지만 그런 방법을 권하고 싶지는 않았다. 이해가 부족한 거 아닐까? 사랑과 우정에는 역시 금성의 힘이지.

나는 적당한 처방을 떠들며 찻잔에 찻잎을 넉넉히 담고 물을 따랐다. 찻물이 식기를 기다리는데 미간에 떠오른 에너지가 아플 정도로 강하게 느껴졌다. 오늘 뭔가 나오려나? 차를 마신 다음 컵 바닥에 아주 조금 남은 찻잎 찌꺼기를 모아 잔을 왼쪽으로 세 번 돌렸다. 그때까지는 별문제가 없었다. 이상한 느낌이 든 것은 찻잔 위에 잔 받침을 거꾸로 올려두었을 때부터였다. 분명 따뜻한 차인데 얼음물처럼 한기가 느껴졌다. 아무렇지도 않은 척 바닥을 두드려 남은 수분을 없앤 다음 찻잔을 들어 손잡이가 카메라 쪽을 향하게 조심히 내려두었다. 남은 잎의 모양을 확인하는 순간. 저절로 몸이 굳었다. 고양이었다. 찌꺼기의 가장자리가 선명한 저 무늬는 아무리 봐도 목이 매달린 고양이가 틀림없었다.

컵의 동서남북은 시제를 뜻했다. 가장자리에 몰려 있으면 곧 일어날 일을, 바닥 쪽으로 몰려 있으면 먼 미래에 일어날 일로 보는 거다. 찻잎 찌꺼기는 가운데 위쪽 가장자리에 몰려 있었다. 테두리는 현재를 의미하는데, 어지간하면 모양을 나타낼 만큼 묻어나지 않는다. 이게 무슨 일일까. 나는 찻잔을 뚫어져라 보다 하마터면 후드가 벗겨져 카메라에 얼굴이 드러날 뻔했다. 채팅창에 정신없이 대화가 올라오고 있었다.

- 냥이 같은데 어째 모습이….

- 제가 지금 뭘 보고 있는 거죠? ㄷㄷㄷ

- 고양이 모양 아니에요?

- ㅇㅇ 맞는 듯. 누가 봐도 냥이.

- 고양이인지 아닌지는 몰라도 어째 좀 으스스;;

- 우왕, 오늘 특집 가나요?

사람들 말대로 작은 고양이의 형태가 하나 더 보였다. 꼬리를 부풀리고 달리고 있었다. 어떤 예감에 소름이 끼쳤다. 찻잎을 조심히 치워 찻잔에 그려진 기호를 확인했다. 시련과 죽음을 뜻하는 그림이었다. 나는 서둘러 아무 소리나 지껄이며 두 번째 사연으로 넘어갔다. 당황한 나머지 촛불에 손날을 살짝 델 뻔했다. 침착하자. 심호흡을 하고 두 번째 사연자의 찻물을 따랐다. 이번에는 더 집중했다. 조심히 찻잔 속을 확인하는 순간 경악했다. 망했다. 또 고양이였다. 이번엔 꼬리가 잘려 있었다.

+ + +

아슬아슬하게 지각이었다. 뛰면서도 간밤의 일을 떨칠 수 없었다. 차를 많이 마셔서 새벽에서야 잠이 들었다. 카페인이 들어있는 걸 깜박한 탓이었다. 수업이 끝나는 대로 교무실에 가야지. 그런데 뭐라고 말하지? 내가 움막에 간 이유부터 설명하라 그러면 뭐라고 하지? 멍하니 교실에 들어서다 멈칫했다. 분위기가 이상했다.

그 녀석이 있었고, 짝이 있었다. 짝은 금방이라도 울 듯한 표정으로 서 있었다. 녀석은 책상에 올라앉아 발끝을 까닥이고 있었고.

"너희가 산에서 내려오는 걸 본 애들이 여럿이야."

"우리가 그랬다는 증거 있어?"

"장난감이 아니라 생명이야. 어떤 사람들한테는 가족이고."

"우리 집도 개 두 마리 키워. 나만 보면 알아서 피하더라고?"

녀석이 나를 빤히 보며 말했다. 녀석과 눈이 마주친 건 어릴 때 이후로 처음 있는 일이었다.

"개새끼쯤이야, 보기 싫으면 걷어차면 그만이고. 근데 고양이는 그게 안 돼. 아주 거슬려."

"그렇다고 죽여?"

"증거 있냐니까."

"산속에 들어가는 거 너희밖에 더 있어?"

"아니던데. 움막 안에 살림 차린 마녀도 있던데."

녀석이 주변을 천천히 둘러봤다. 표적을 노리는 듯한 맹

수의 눈길이었다. 쿵쿵 찍어 누르는 걸음 소리를 내며 내 쪽으로 다가왔다. 생글거리며 이마를 들이대는데 담배 냄새가 훅 끼쳐왔다.

"너 뭐 재밌는 유튜브를 한다더라. 그거 본 애가 고양이 어쩌고저쩌고하던데."

역시 움막의 침입자는 너였어. 피 묻은 나이프의 주인. 가슴이 쿵쿵 뛰었지만 애써 아무렇지도 않은 척 서늘하게 웃었다. 아주 짧게 한쪽 근육만 올렸다 쿨하게 내리는 거지. 영화에선 다들 그러잖아.

"아우! 표정 봐. 섬뜩하다, 야. 응?"

녀석은 피식 웃으며 몸을 돌렸다. 그 뒷모습을 노려보는 나를 모두가 쳐다보고 있었다. 뭐라고 응수하지? 이대로 보내면 안 될 거 같은데. 갑자기 머리가 바빠져서 녀석의 일당이 가방을 열어 거꾸로 드는 건 미처 몰랐다. 요란한 소리와 함께 내 비밀이 책상 위에 우르르 쏟아졌다. 움막에서 가져온 말린 허브가 담긴 지퍼백 여러 개와 펜듈럼, 약삽, 대꼬챙이, 약초통, 약간의 흙…. 눈을 질끈 감았다 뜨는 것과 동시에 묵직한 무언가가 바닥을 굴렀다. 펜타클 타

일이었다.

"거봐. 아주 소꿉놀이를 제대로 했네."

"고양이 피 뿌리고 뭐 이런 거 아니야?"

"오, 악마의 표식!"

그날 수업이 다 끝나기도 전에 학교 전체에 내 얘기가 퍼졌다. 그럴 만한 애가 저지른 일 아니겠냐는 소문이었다. 그럴 만한 게 대체 뭐지. 오컬트가 뭐가 어때서? 아무도 내게 직접 말을 걸지 않았지만 모두가 나를 지켜보는 느낌은 점점 부풀어 오르며 다음날도, 그 다음 날도 계속되었다. 고개를 수그리지도 않고 무덤덤한 척 애쓴 게 오히려 심증이 된 모양이었다.

"쟤야, 쟤. 산에서 내려오는 걸 봤대."

"무슨 사탄 숭배를 한다던데?"

"그래서 저렇게 뻔뻔하구나. 엄청 당당하네."

"초등학교 때 별명이 마녀였대."

일부러 나를 구경하러 찾아오는 다른 반 아이들이 생기기 시작했다. 눈썹을 추어올린 짝이 나를 돌아보았지만, 질문은 없었다. 물어봐야 대답을 하지. 아냐, 나 아니라고. 근데 왜 아무도 묻지를 않는 거냐고. 왜 슬금슬금 피하기만 하는 거야! 시시콜콜한 수다를 떠들던 무리뿐 아니라 조용히 웃어주던 짝마저 입을 다물자 온 세상이 등 돌린 것 같았다. 며칠은 그냥 버텼다. 차가운 경멸의 시선이 꿈에서도 따라다녔지만 실제로 폭력을 당하지는 않아 다행이라고 생각했다. 책상 위에 비난으로 가득한 유치한 낙서가 생겼을 때는 정말로 웃겨서 웃었다. 내가 꽤 강해졌구나. 자부심마저 들었다. 그렇다고 괜찮은 건 아니었다.

처음부터 눈에 띄지 않고 학교 다니기를 목표로 삼은 것은 아니었다.

할머니 손에 자라며 전설이나 민담 따위를 들으며 잠들던 어린 시절부터 나는 모든 곳에 영혼이 깃들어 있다고 믿었다. 몇 대째 물려받아 쓰고 있다는 장독에도 정령이 있을 수 있고 나비 한 마리에도 누군가의 영혼이 실려 있을지 몰랐다. 할머니의 이야기 속에는 사람이 되길 꿈꾸는 꼬리 아홉 달린 여우나, 금기를 어기고 뒤를 돌아보는 바람에 돌이 된 사람이 등장했다. 비슷한 이야기가 다른 나라에서 온 동화책에도 있었다. 서로 교류도 하지 않던 옛날부터 지구의 끝과 끝에 어떻게 이렇게 똑같은 이야기가 전해질 수가 있지? 이 세계가 사실은 거울로 이루어진 게 아닐까? 실제로 일어난 일이 아니라면 불가능하잖아! 나는 무서워서 얌전했을 뿐인데 어른들은 아직 어린 애가 조심성이 많고 신중하다고 칭찬하셨다. 도깨비와 귀신이 나오는 이야기는 재미있었다. 도깨비는 사람을 해치지 않고 인간에게 풍요를 주는 신기하고도 친근한 존재였고, 귀신은 사연을 듣고 억울한 마음을 풀어주면 큰 선물을 주고 떠났다. 꾸벅꾸벅 졸며 할머니 목소리를 듣다 잠이 들면 도깨비방망이를 휘둘러 악당을 물리치는 꿈을 꾸었다. 만화영화도 좋았다. 특히 마법사가 나오는 만화영화는 여러 번 다시 보곤 했다. 다만, 모두가 엘사를 코스프레할 때 올라프로 분장했을 뿐. 뭐가 어때서? 마법의 힘을 입긴 했지만 엄연히 말하고 움직이는 생명인걸. 더구나 몇 번이고 되살아나는 불사의 몸이라니! 어린이집 행사 날, 눈사람을 흉내 낸 나의 코스프레는 인기가 많았다. 비슷비슷한 푸른 치맛자락을 휘날리는 아이들이 앞다퉈 나를 껴안고 사진을 찍고 싶어 했었다.

그랬던 애들이 변하기 시작한 건 녀석이 전학을 온 뒤부터였다. 내 이야기들은 녀석의 입을 통해 괴담이란 말로 납작하게 정의됐고, 어딘가 음산하고 재수 없다는 말이 나를 수식해 버렸다. 학교생활은 점점 더 엉망이 되었다. 아이들은 같지 않으면 싫어했다. 다들 맞춤 강박증에 걸린 환자 같았다. 서로를 흉내 내고 닮아가기로 나만 모르게 약속된 것 같았다. 나는 점점 눈에 띄지 않게 조심했고 그럴수록 오컬트에 빠져들었다. 그러나 괴롭힘은 녀석이 주동하면서 한층 더해져서, 엄마가 사주신 새 옷이 물감으로 엉망이 되곤 했다. 별자리 점성술에 빠져있던 즈음이었다. 내 별자리가 고난과 핍박의 자리에 들어서 있을 때.

다행히 별들은 계속 움직인다. 우주의 시계로 보면 모든 건 순간에 불과하지. 지구가 한 바퀴 자전하는 데 걸리는 시간은 공전주기의 제곱인 23시간 56분 4초. 자전하는 동안 공전이 일어나므로 하루의 시간인 24시간보다 약 4분 정도 짧은 거다. 내 별자리는 화성으로 옮겨가고 있었다. 화성으로 가는 시간 8개월, 화성의 자전 속도는 조금씩 빨라지고 있고 지구는 느려지고 있다. 100년마다 약 2밀리

초씩 느려지는 지구와 매년 4밀리아크초씩 빨라지는 화성. 아, 나는 왜 화성에서 태어나지 않았을까. 지구를 벗어날 수 없었으므로 졸업과 동시에 꼬리표를 떼어내는 작전에 돌입했다. 중학교에선 절대 취미가 뭔지 티 내지 말자. 마법의 원천은 믿는 힘. 그걸 잊지만 말자.

그 모든 노력이 물거품이 된 거다. 고양이를 해치고 다니는 저 녀석 때문에. 녀석의 폭력을 견디다 못해 2학년이 되자마자 전학 간 아이가 생각났다. 괜한 일에 끼어들고 싶지 않아 지켜보기만 했었지. 그 애가 어떻게 되었다더라…? 식판을 거꾸로 뒤집어썼던가. 오컬트 역사 속에서 정의를 외면한 자들이 어떤 벌을 받았는지는 또렷이 생각났다. 치졸한 변명을 늘어놓던 세르게이 페트로비치라는 남자는 방관의 벌로 평생 눈을 감을 수 없었다고 했다. 잠을 잘 때조차도. 나는 안구건조증이 있는데…. 왕따를 당한 시절 이후로 한동안 잠잠하던 불면증이 도졌다.

더 큰 문제는 그 주가 끝나기도 전에 일어났다. 선생님 귀에 들어가고 만 거다. 엄마는 학교의 전화를 받은 뒤 잔뜩 화가 난 얼굴로 방송 장비를 모두 압수했다. 인터넷 비밀번호도 바꿔 버렸다. 블로그도 동호회 활동도 당연히 금지. 고양이를 해치지 않다는 건 믿어주셨지만 그것만으론 부족했다. 가슴이 터질 것 같았다. 내가 모르는 척해서 벌을 받은 게 틀림없었다. 괴롭힘을 당하던 아이들도, 고양이들도, 나 자신도.

녀석이 실토하게 만들어야 했다. 그런데, 어떻게?

✦ ✦ ✦

오컬트가 아무리 좋아도 건드리지 말아야 할 규칙이 있다. 그중 가장 강력한 것이 저주술이다. 저주는 반드시 되돌아오기 때문이다. 저주할 거라면 여러 개의 무덤을 준비하라는 말도 있다. 저주를 행한 자와 저주를 받은 자를 위한 두 개의 무덤. 그냥 넘기기엔 찝찝한 말이었다. 도서관을 뒤진 끝에 마음에 드는 내용을 발견했다. 저주받을 만하다고 인정되는 경우가 있다고 했다. 타인의 관계를 파괴하거나 남의 것을 탐하는 죄, 거짓과 주먹을 휘두르는 자. 그리고 재미를 위한 살생. 이거다! 방관 역시 죄라는 말도 덧

붙여져 있어서 가슴이 덜컥했다. 내가 대가를 치르는 중이라면 우선 남은 고양이들을 보호하는 것이 급선무였다. 산에 올라 도서관에서 출력한 여러 장의 인쇄물을 붙였다. 길고양이는 법에 따라 보호되는 동물입니다. 길고양이를 해치는 행위를 하면 동물보호법 8조 1항 및 2항에 의해 1년 이하의 징역 또는…. 젖을까 봐 코팅도 했다.

"학생, 착하네. 복 받을 거야."

지나던 등산객의 칭찬에 엉거주춤하게 고개를 숙였다. 가슴 어딘가 콕콕 찔리는 기분이었다.

쉬는 시간은 그럭저럭 넘길 수 있었지만 점심시간이 막막해지자 과감하게 행동하기로 결정했다. 밥을 먹지 않는 대신 학교에 마법서를 갖고 가서 읽기 시작한 거다. 이상하게 나 버린 소문이 얼마나 순식간에 부풀어 오르던지, 어떤 애들은 마주치자마자 두려운 눈빛으로 뒷걸음을 하기도 했다. 어차피 망한 거 될 대로 되라지. 얼마쯤 자포자기한 마음으로 펜듈럼이든 오컬트 책이든 서슴없이 꺼내 보며 궁리했다. 언제까지나 점심을 굶을 수는 없었다. 어서 누명을 벗어야 하는데…. 하지만 녀석이 범인이라는 걸 밝혀낼 방법은 쉽게 떠오르지 않았다. 마법으로 깨우침을 줄 수는 없을까?

온갖 도구나 장소를 정화하는 방법은 많아도 사람은 의식 대상에 해당하지 않았다. 저주할 수는 있어도 반성과 정화는 스스로 해야 한다는 거다. 그리스와 로마 신화에는 저주받은 인간이 꽤 많이 나온다. 동물이나 파충류가 되기도 하고, 아예 이 세계로 추방되거나, 끝없이 바위산을 오르내리는 형벌을 받기도 했다. 직접 겪어봐야 안다는 걸까. 한숨을 쉬며 타로 카드를 섞고 있을 때 짝이 팔등을 가만히 건드렸다.

"그림 되게 특이하다. 그런 건 처음 봐."

나는 기쁘기도 하고 당황했지만 아무렇지도 않은 척 카드를 펼쳐 보였다.

"인터넷에서 파는 건 다 비슷비슷한 그림이던데."

어떤 걸 말하는지 짐작이 갔다. 사실 내 카드도 중급자들 사이에선 꽤 흔한 건데 굳이 말할 필요는 없겠지.

"타로점 봐줄까?"

짝이 음울하게 고개를 저었다.

"그걸로 고양이들의 행방을 알 수는 없잖아."

"고양이들?"

"요즘 보이지 않는 냥이들이 있어. 혹시 다쳤을까 봐."

"아."

아, 라니. 멍청하긴. 얘도 날 의심하고 있을지 모르는데 좀 더 성의 있게 대답했어야지. 짝의 눈치를 살피며 뭐라고 말해야 할지 고민하는데 그 애가 먼저 말했다.

"네가 그러지 않은 거 알아."

"어?"

"고양이 괴롭힘 사건 말이야."

뭐라고 대답해야 할지 몰라 주춤거리는 사이 짝이 내 책을 두드렸다.

"어제 관리인 할아버지가 점심시간에 그때 막 매달린 걸로 보이는 고양이를 구해 주셨대. 너는 교실에서 내내 이 책만 읽었잖아."

할아버지 감사합니다! 너무 기뻐서 눈물이 날 것 같았다. 어느새 주변으로 하나둘 아이들이 모여들고 있었다.

"미안해. 그런 건 공포영화에서나 봐서 나쁜 건 줄 오해

했어."

가방에서 쏟아졌던 물건들을 말하는 거였다. 나는 머쓱하게 머리를 긁적였다.

"…괜찮아. 오컬트가 흔히 받는 오해야."

긴장이 풀리자 뱃속에서 꼬르륵 소리가 났다. 이제라도 급식을 먹으러 갈까? 아침 식사 때 본 행운의 징조가 생각났다. 나는 여러 가지 색의 링 모양 시리얼이 담긴 그릇에 우유를 붓고 분홍색 링이 가장 먼저 떠오르면 좋은 일이 생길 거라고 믿는데 오늘은 분홍색 링이 세 개나 떠올랐다.

"애니멀 커뮤니케이터들은 고양이 말을 해석할 수 있대."

어떤 아이가 불쑥 말했다. 아이들의 시선이 그 애에게 쏠렸다. 그러고 보니 운명의 수레바퀴 기사단에도 애니멀 커뮤니케이터로 활동하는 회원이 있었다. TV에서 본 적도 있다. 반려동물 때문에 고민인 사람들을 상담해 주는 프로그램이었다.

"그게 뭔데? 고양이랑 대화를 할 수 있게 된다는 거야? 통역사 같은 건가?"

또 다른 아이가 눈을 가늘게 뜨며 고개를 갸우뚱거렸다.

"비슷해. 잃어버린 반려동물을 찾아주기도 하고 주인이 대화할 수 있게 돕는다던데."

나는 잠시 고민하다가 입을 열었다.

"에이, 그런 게 어딨어. 사이비 아냐?"

아아, 너무 세게 말했나.

"왜 없어, 나도 우리 강아지랑 대화 잘만 하는데!"

"맞아. 우리집 고양이는 거의 사람이라니까? 무슨 말인지 다 알아들어!"

"뭐가 되었든 인간이 동물과 의사소통하는 걸 돕는다니까."

동시에 거의 모든 아이들이 떠들기 시작했다. 갑자기 짝이 내 손을 덥석 잡았다. 눈빛이 절박했다.

"그거, 우리도 하자!"

"뭘 해? 애니멀 커뮤니케이터?"

"공부해서 손해 볼 거 없잖아. 고양이 죽인 범인들도 잡고."

한 아이가 손뼉을 치며 좋아했다.

"그거 할래. 재미있을 거 같아."

"난 앵무새 길들이는 법을 알고 있어. 가르쳐 줄게."

조용히 듣고만 있던 애가 수줍게 손을 들었다.

"생명 소통과 교감 연구회. 어때?"

"오, 그럴듯하다."

나는 자꾸만 올라가는 입꼬리에 힘을 줬다. 하나만 알고 둘은 모르나 본데, 애니멀 커뮤니케이션은 채널링에서 나온 거고 결국 오컬트에서 파생된 거라고. 다들 오컬트의 세계에 온 걸 환영해, 미래의 수레바퀴 기사단이여!

✦ ✦ ✦

복수를 시도할 기회는 생각보다 빨리 찾아왔다.

결성된 동아리 멤버는 나까지 여섯. 숫자로 오컬트적 의미를 연구하는 수비학에서 6은 인연과 사귐, 만남과 교제를 뜻한다. 1에서 10까지의 범위 안에서 완전수(1+2=3, 3+3=6)이기도 하다. (1+2+3)도 6이고, (1×2×3)도 6이지. 서양에서는 주사위에서 6이 가장 높아서 모든 것을 이겨낼 수 있는 숫자다. 약수들의 합이자 곱이기도 하다. 가장 오래된 수비학 체계는 칼데아 수비학인데 원래 메소포타미아에서 생겨난 것으로 알려져 있다. 거의 모든 종교에는 자체적인 수비학 체계를 갖고 있다. 놀라운 힘을 가진 몇몇 숫자들이 일치하는 게 신기했다. 히브리어의 알파벳은 각각 수치를 갖고 있어서 각 문자의 수를 더해 단어를 숫자로 특정 짓기도 했다. 모인 아이들의 생일을 모두 더해보니 80이라는 숫자가 나왔다. 찾아보니 히브리 글자로 입, 즉 소통과 전파를 의미했다. 이게 좋은 징조인지 아닌지 헷갈렸다. 아이들은 오컬트 영화 얘기를 하거나 타로를 봐달라는 시간이 더 길었다. 애니멀 커뮤니케이션을 어디서부터 어떻게 공부하면 좋을지 알 수 없는 탓도 있었다. 애들이랑 너무 가까워진 것도 문제였다. 타로를 보려면 고민을 말하지 않을 수 없다. 맥락을 알아야 카드의 점괘를 읽어줄 수 있기 때문이다. 의도한 바는 아니지만 애들의 비밀을 하나둘 알게 되었다. 누가 누굴 좋아하고, 누가 무엇 때문에 괴로운지. 보기엔 모범생이지만 사실은 반란을 꿈꾸고 있다거나, 반대의 경우도 있었다. 비슷해 보여도 다 달랐다. 절대로 같은 경우는 없었다. 우리의 희망만이 같았다. 녀석이 더 이상 고양이를 해치지 않는 것. 그건 조금만 방향을 틀면 꽤 쓸모 있을 터였다. 여러 사람의 염원은 한 사람의 마음보다 강력하니까. 나는 애들과 저주의 저주를 나누어 가질 고민을 하기 시작했다. 하는 저주가 하나니까 되돌아오는 저주도 하나겠지. 그걸 여섯이 나누면 그럭저럭 감당할 만하지 않을까. 내가 그런 생각을 하는 줄도 모르고 애들이 다정하게 어깨를 감싸 오거나 팔짱을 끼고 쿠키 따위를 줄 때마다 조금씩 망하는 기분이었다. 더 친해지면 저주를 나눌 수가 없다고. 그만 다가와, 제발. 내가 마카롱을 좋아하는 건 또 어떻게 알았담. 제일 싫은 건 모임 시간을 기다리는 나 자신이었다. 역사 속 위대한 오컬트 마법사는 다 고독했다. 이래서야 고독할 수가 없잖아. 마음이 조급해졌다.

"우리가 애니멀 커뮤니케이터가 되기 전에 고양이들이 다 죽어버리면 어쩌지?"

"그러게…."

"애니멀 커뮤니케이션을 배워야 하는 건 그 녀석이라고."

"그건 그래."

나는 곰곰이 생각에 잠겼다. 녀석이 애니멀 커뮤니케이터가 되는 것은 저주가 아니지. 고양이와 대화하다 보면 마음이 바뀔 수도 있고. 직업적으로 그런 걸 하는 사람들은 비용도 받잖아. 그러니까 저주는커녕 녀석에게 희망찬 진로를 정해주는 거지. 결과적으론 오히려 축복 아냐?

"방법이 전혀 없는 건 아냐. 좀 복잡하긴 한데…"

아이들의 시선이 모였다. 나는 조심스레 말을 이었다.

"내가 염원 키트를 준비할 수 있어. 각자 그걸 가져가서 내가 써준 대로 하고 같은 시간에 같은 소원을 빌면 되는데, 과정이 이상하게 느껴질 수도 있어. 하지만 나쁜 건 아니고, 물론 일종의 오컬트긴 한데…"

"할게."

가장 먼저 나선 것은 역시 짝이었다.

"이상해 봤자 손해 볼 건 없는 거잖아. 맞지?"

"…그거 나쁜 짓 아니지? 나 교회 다닌단 말이야."

"우리 집은 절에 다녀. 스님한테 염주 팔찌도 받았어."

내가 웃었다.

"그럴 리가. 녀석이 나아지게 축복하자고. 이왕이면 같은 내용의 기도를 하자는 거야."

틀린 말은 아니잖아, 이건 속으로 중얼거렸다.

준비는 착착 진행되었다. 가장 구하기 힘든 재료는 측백 가루가 들어간 가공석이었다. 우린 일요 시외버스를 타고 옆 도시까지 가서 수정 가게에 갔다. 색색의 크리스털 스톤을 처음 본 눈들이 휘둥그레졌다. 왠지 내 어깨가 으쓱해졌다. 우린 기념으로 작은 조약돌만 한 젬스톤을 한 주머니 사서 하나씩 나눠 가졌다. 친구들은 몰랐겠지만 그 젬스톤은 결속과 우정을 뜻했다.

집으로 돌아오는 길엔 동그란 돌멩이로 볼록해진 주머니를 하고 서로 기대어 꾸벅꾸벅 졸았다. 나는 잠이 오지 않았다. 노을이 지기 시작한 창밖에 하나둘 저녁별이 떠오르고 있었다. 집이 너무 가까운 것도 같았고 먼 것도 같았다. 가슴속 어딘가가 간지러운 것도 같고 갑자기 웃음을 터질 것 같기도 했다. 같은 취미를 공유하며 만난다는 게 이런 거구나.

집에 돌아오자마자 인터넷에 접속해서 단체 염원술을

확인했다.

내게는 녀석이 움막에 두고 간 나이프가 있었다. 나이프는 하나인데 의식에 참여할 사람은 여섯. 이걸 쪼갤 수도 없고 어쩐다. 의기소침하게 청소를 시작했다. 머리가 복잡할 때는 정리가 최고다. 어지러운 책상 위에서 홍차 물이 든 찻잔을 치우다 퍼뜩 좋은 생각이 떠올랐다. 유럽의 십자군 전쟁 때 기사들은 성직자가 걸쳤던 망토를 훔쳐 그 조각을 지니고 있으면 공격으로부터 안전하다고 믿었다. 그걸 반대로 생각하자 문제는 의외로 간단히 해결되었다. 나이프를 감쌌던 천마저 사악한 기운을 뿜어내서 기분이 나빠질 정도였다. 의식에 필요한 재료와 주문을 담은 키트 여섯 개를 만들어 여섯 조각으로 자른 천 조각으로 감싼 다음, 마지막으로 개광 점안을 시행했다. 억울하게 죽어간 고양이의 영혼이 깃들어 주기를. 이제 준비는 완벽했다.

디데이는 보름달이 뜨는 토요일 새벽 1시로 정하고 단체 채팅방도 만들었다. 우린 얼마간 기묘한 기분에 휩싸여 디데이를 기다렸다. 복수 아닌 복수, 저주 대신 축복을.

＋ ＋ ＋

"미안해. 잠들지 않으려고 에너지 음료도 마셨는데…."

모임의 이름을 지은 친구였다. 일요일이었다. 움막에 모인 아이들의 표정이 학교에서와는 달랐다.

"뭐야, 너 그럼, 어제 의식을 안 한 거야?"

"그건 아냐. 당연히 했지…. 자다가 깨서."

나는 고개를 흔들며 말했다.

"그게 몇 시였는지 기억나?"

"아직 해가 뜨기 전이었어. 그러니까 대충 다섯 시 직전?"

아아… 그래서 일이 잘못되었구나. 나는 무릎 사이에 고개를 파묻으며 괴로워했다.

"동시에 빌어야 강력하다고 했잖아."

"자시에서 축시로 넘어갈 때 해야 한다고 정해놓고 자버리면 어쩌라고."

"그게 뭔데?"

"십이지시. 넌 인시에서 묘시로 넘어갈 때 의식을 한 거야."

그 애가 정확히 알고 있었다.

"그럼, 뭐가 잘못되는 거야? 다시 하면 안 되는 거야?"

해맑게 바라보는 친구에게 어디서부터 무엇을 설명하면 좋을지 알 수 없었다. 약속의 날이었던 어제. 우리는 묵언수행을 하는 스파이 사제들처럼 말없이 눈짓하며 재빨리 키트를 주고받은 뒤 헤어져 새벽 한 시를 기다렸다. 어쩐지 메시지의 읽음 표시 하나가 사라지지 않아 찝찝했지.

"금기사항도 다 지켰다니까? 밤에 손톱도 안 깎고 신발도 반듯하게 벗어 놓았지. 주문도 제대로 외웠고. 에이, 잘됐을 거야."

이게 잘된 건가? 내가 종일 어떤 일을 겪었는지 너희는 모를 거다. 차마 상황을 말할 수도 화를 낼 수도 없었다. 역시 혼자 해야 했다. 짐을 나누어 들려던 내 의도가 순수하지 않았는걸. 결국 내 탓이지, 누굴 원망해.

오늘 아침, 이상한 위화감에 눈을 떴을 때 처음엔 잠이 모자라 그런 줄 알았다. 밤새 고양이들의 대화를 듣는 꿈을 꾸었기 때문이었다. 첫째인 밤이가 바뀐 화장실 모래가 마음에 든다고 하자, 둘째 율무는 내가 청소를 자주 안 한다고 투덜거렸고, 막내 녹두는 요즘 간식이 줄었다며 찬장을 열 방법을 궁리했다. 거기까진 괜찮았다. 아직 덜 깬 잠을 뭉개고 있는데 알람 소리 대신 낯선 소리가 들려왔다.

"그만 자고 일어나. 응? 잠꾸러기야!"

수다쟁이 녹두가 내 가슴 위에 앉아 애옹거리고 있었다. 나는 벌떡 일어나 재빨리 주위를 둘러보았다. 놀란 밤이가 꾹꾹이를 하다 후다닥 일어나 도망갔다.

"아유, 깜짝이야."

느릿느릿 걸어온 율무가 엉덩이를 밀어대며 아침 인사를 했다. 보통의 풍경이었다. 어디가 이상한 거지?

"모래 좀 갈아주면 고맙겠어."

이게 무슨 상황이지? 먀아―나 에엥, 에오오가 해석되면 안 되는 거잖아!

"옳지. 이제 일어났네. 모닝 추르 어때? 휴일이니까 통조림을 주는 것도 좋아."

그러니까 쟤들이 지금 나한테 말을 하는 거지? 잠이 덜 깬 건가? 아직도 꿈이야? 꿈속의 꿈, 뭐 그런 거야?

녹두는 베란다에서 잡아온 나방을 내려놓고 애교를 부리다 안 되자 다시 수다를 떨기 시작했다.

"여기 와서 편안한 건 맞는데 가끔 바깥이 궁금해. 알잖아. 내가 얼마나 용맹했는지. 산은 요즘 어때? 할아버지는? 우리가 갑자기 만나는 바람에 두고 온 게 몇 개 있는데 잘 있나 몰라. 그러지 말고 함께 외출하는 게 어떨까? TV에서 보니까 산책냥이 점점 늘어나고 있다던데. 왜 그런 표정이야? 내가 상당히 봐주고 있는 거 알지? 특히 땅콩 떼어 갔을 때는 너와 다시는 말 안 하려고 했어. 그 목도리 쿠션은 또 어떻고. 와, 너라면 그런 거 하고 며칠이나 참을 수 있을 거 같아? 성격 좋은 내가 참은 거 알지? 그런 의미에서 캣 타워를 새로 사는 건 어떨까 싶어. 홈쇼핑에 신상이 나왔더라고. 폰 좀 그만 보라니까. 귀여운 나를 쓰다듬는 편이 낫지 않아?"

내가 입을 벌리고 멍청하게 앉아만 있자 녹두는 솜방망이 같은 앞발로 몇 번 펀치를 날리더니 침대 머리를 벅벅 긁기 시작했다. 발치에 앉아 있던 율무는 시치미 뗀 얼굴로 제 털을 핥다가 이름을 부르자 정확한 발음으로 야옹, 야아옹, 했는데 국어책을 읽는 것처럼 어색한 소리였다. 눈이 마주치자 시선을 피하더니 기지개를 켜는 척하더니 후다닥 거실로 가 버렸다.

"밤이야, 지금 이거 꿈이지?"

책상 위에 펼쳐둔 책을 툭툭 건드리며 밀어내던 밤이가 고개를 들고 날카로운 눈빛을 빛냈다. 맙소사. 이건 꿈이야.

"이 책이 아니야. 오컬트는 내가 잘 알아. 더 세게 나가야한다고."

정신이 하나도 없었다. 유령 같은 얼굴을 하고 방에서 나온 나는 세수만 하고 집에서 도망치듯 나왔다. 고양이들의 항의가 들려왔지만 무시했다. 어휘가 나보다 풍부하다니! 아니, 그보다, 내가 애니멀 커뮤니케이터가 되다니! 왜 내가!

처음부터 작전을 다시 짜야 했다. 친구의 실수가 나에게 영향을 미친 건 내가 짠 판이기 때문이겠지. 처음부터 이건 녀석과 나의 싸움이었다. 불을 껐지만 좀처럼 잠을 이루지 못한 채 말똥말똥한 정신으로 어둠 속을 쏘아보며 궁리했다. 어떻게 녀석을 멈출 수 있을까. 달빛 비친 책장 위로 후다닥 올라가는 검은 실루엣이 보였다.

"밤이야, 자야지."

어둠 속에서 호박색을 발하는 한 쌍의 눈이 어둠 속을 떠다녔다. 밤이는 내 말을 들은 척도 않고 책장 위를 이리저리 거닐더니 제멋대로 쌓여있던 몇 권의 책을 우르르 넘어트렸다. 말리려고 꼬마 불을 켜고 상체를 일으킨 순간, 바닥에 떨어진 초록색 표지의 책 한 권이 눈에 들어왔다. 《흑마법과 세 쌍의 눈》. 금박으로 새겨진 정교한 글씨체가 고풍스러웠다. 이런 책이 있었던가? 밤이 앞발로 흑마법이라는 쓰인 부분을 톡톡 건드렸다. 책을 집어 들자 고양이들이 기다렸다는 듯 침대로 올라왔다. 밤이, 율무, 녹두. 세 마리의 아몬드 눈이 나를 향해 빛나고 있었다. 세 쌍의 눈. 심리학자이자 정신과 의사로 유명했던 칼 융은 숫자의 신비한 힘에 매료되어 "셋은 하나가 그것을 알 수 있는 조건으로 펼쳐진 것"이라는 말을 남겼다. 노자는 이런 말도 했다. "하나는 둘을 낳고, 둘은 셋을 낳고, 셋은 만물을 낳는다." 대부분의 종교에서 3의 상징성이 무수히 많은 것은 말할 것도 없다. 어쩌면 오늘을 위해 세 마리의 고양이를 키우게 되었는지도 몰랐다. 밤이가 골라준 책을 펼친 뒤로 심장이 뛰면서 내 안의 무언가가 공명했다. 오늘은 잠을 자기 글렀군.

책은 카발라부터 명상법, 제식 마법까지 폭넓게 다루고 있었다. 심지어 자물쇠 여는 방법도 쓰여 있었다! 그중에서도 연금술 챕터가 흥미로웠다. 사람들은 연금술이라고 하면 허황되거나 나쁜 이미지부터 떠올리지만 그건 오해다. 특히 내가 좋아하는 식물 연금술은 주로 환자의 치료나 특별한 의식에 쓰이는 종류였다. 신선한 약초를 찾아 말리고 그걸 다시 곱게 가루 내어 액체와 섞어 발효시키고 거름종이로 거르면 완성되는 결과물은 의도에 따라 선하게도, 악하게도 쓰였다. 무엇보다도 금을 찾으려는 노력이 없었으면 화학도 없었을 테고 물리학의 발전도 늦었을 거다. 때론 과정이 결과를 뛰어넘는다.

책을 덮었을 때는 고양이들도 잠든 새벽녘이었다. 그제야 뒤표지에 적인 글귀가 눈에 들어왔다. 황금 여명회였던 시인, 윌리엄 버틀러 예이츠의 시였다.

영혼, 나는 굽이도는 옛 계단으로 부른다

너의 마음을 모두 가파른 오르막에

부서지고 무너지는 성벽에

호흡 없는 별빛 비친 공기에

숨은 극을 표시하는 별에 집중하라고

헤매는 모든 생각을

모든 생각이 다해 버린 그 지역에 고정하라

누가 어둠과 영혼을 구별할 수 있겠는가?

– 〈육신과 영혼의 대화〉 중에서

시는 어려웠지만 결론은 확실했다. 녀석을 범죄 현장으로 불러내야 했다. 고양이들의 원혼이 떠도는 곳.

✦ ✦ ✦

숨을 들이쉴 때마다 뱃속이 조금씩 익을 것처럼 눅눅하고 더웠다. 가로등이 켜지는 시간에 산에 오른 건 처음이었다. 해가 낮게 깔리기 시작하자 금세 주변의 표정이 바뀌었다. 햇살에 상쾌하게 빛나던 초록은 사라지고 사방에 수상쩍은 검은 그림자가 흔들리는 마녀의 시간. 낮과는 다른 분주함이 사방에 가득했다. 풀벌레의 노랫소리와 밤새들의 음흉한 소리, 바람에 스치고 수풀에 몸을 부비며 쏴아아 저마다 한 마디씩 하는 듯한 나무들…. 가끔 작은 나뭇가지 따위가 부러지는 소리도 났다. 벌써 녀석이 왔을 리는 없고 뱀이나 사나운 짐승만 아니면 좋겠는데. 무겁고 축축한 공기에 가방이 무겁게 느껴지고 입술 위로 송골송골 땀이 솟아났다. 밤이 깊어지기 전에 서둘러야 했다.

모든 방위마다 손전등을 비추며 표식을 만들고 시계 방향으로 세 번 돌았다. 도는 동안 녀석의 무리가 아무 데나 던져둔 담배꽁초들이 보여 눈살이 찌푸려졌다. 고양이 사건도 문제지만 언제 어느 때 산불이 난다고 해도 이상하지 않을 상황이었다. 산지기 할아버지가 말릴 수 없다면 나라도 뭔가 해야지.

네 나이프를 갖고 있어. 고양이 피가 묻어있어서 동물 보호 협회 같은 곳에 제보할까 하다가 돌려주려고 해. 반드시 혼자 나와야 해. 할 얘기가 있어. 해 질 무렵 움막 앞에서 기다릴게.

녀석은 서랍 속 쪽지를 펴보고 픽 하고 웃었다. 뭐가 웃기냐, 이 악당아. 너는 곧 벌을 받게 될 거라고.

의식의 흔적은 내일이면 사라질 거다. 장비가 있으면 방송 콘텐츠로 만들 수 있었을 텐데 아쉽군.

딴생각할 때가 아니다. 서둘러 향수병을 꺼냈다. 이걸 만드느라 꽤 고생했다. 맡으면 맡을수록 어지러운 향. 잠깐이라도 녀석을 잡아두어야 했다. 실패하면 후추액을 뿌리고 도망가야지. 긴장으로 이마와 겨드랑이까지 축축하게 젖어왔다. 랜턴을 들어 올려 완성된 제단을 점검하다 기겁했다. 바로 옆 누런 땅에 고양이가 흘린 검붉은 피가 번져 있었다. 나쁜 자식들 같으니라고.

"어이, 마녀! 널 줄 알았다."

나도 모르게 움찔했다. 생각보다 빨리 왔다. 내가 주먹을 쥐는 걸 봤을까?

"뭐야. 불러놓고 놀라기는."

"아… 안녕?"

"안녕은 무슨. 나이프 돌려준다며. 빨리 내놔."

"줄게. 하지만 그 전에 부탁이 있어."

녀석이 바닥에 침을 퉤 뱉었다. 아우, 더러운 자식.

"나한테 부탁? 제정신이야?"

비열한 입가에 득의양양한 미소와 게슴츠레 뜬 눈. 녀석의 쇄골 아래 해골 문양이 보였다. 문신이 아니라 스티커겠지? 학생이 설마. 그것도 뼈다귀를…. 문양은 녀석의 얼굴에 넘실거리는 허세와 잘 어울렸다.

"부탁이라기보다는 교환이야. 거래라고 할 수도 있지."

아, 너무 서두르고 있는지도 몰랐다. 잘난 척할 시간을 충분히 줬어야 했는데. 저런 게 왜 자랑거리가 되는지는 모르겠지만.

"어쨌든 내가 뭘 해야 한다는 거잖아. 너 따위 마녀한테, 응?"

녀석은 비아냥거리며 손에 든 라이터의 부싯돌을 탁탁 굴렸다. 어둠 속에서 작은 불꽃이 번쩍거렸다. 스파크가 튈 때마다 뱃속이 졸아들었다.

"다른 사람이 고양이 해치는 걸 봤다고 할게. 등산객이

나, 아무튼 너 말고 딴 사람."

"그게 진실이잖아? 대체 뭘 교환하겠다는 거야?"

거짓말은 간단하게 해야 한다. 나는 녀석이 더 생각할 시
간을 주지 않으려고 급하게 말을 이었다.

"사실은 내가 특별한 향수를 만들었거든. 축복 의식이
필요한데 집단에서 제일 강한 사람이 해줘야 한대. 그걸 네
가 해줬으면 좋겠어."

녀석이 으하하 웃으며 배를 감싸 쥐는 시늉을 했다.

"싸움 잘하는 사람이 뭘 해? 축복? 그래서 지금 들고 있
는 그거야? 어디 줘봐."

나는 당황한 척 병을 감싸 쥐고 등 뒤로 감췄다.

"안 돼! 줄 수는 없어."

"냄새나 맡아보자고."

"넌 이런 거 필요 없잖아."

"당연히 필요 없지. 내가 언제 쓰겠다고 했냐?"

말과는 달리 녀석은 내 손에 들린 병을 뺏으려고 했다.
하지만 내 쪽이 더 빨랐다. 녀석의 눈썹이 사납게 치켜 올
라갔다.

"제발… 이것만은 안 돼!"

나는 최대한 울상을 지으며 애원했다.

"모자란 재료를 사느라 내 석 달 치 용돈을 전부 썼단 말이야. 다른 건 뭐든 해줄게."

"뭐든?"

비열하고 만족스러운 표정이 녀석의 얼굴에 떠올랐다. 그래, 잠깐은 참아주마.

"그럼, 어디 고민해 볼까? 그래서 이게 정확히 뭐에 좋은데?"

"이걸 향수처럼 뿌리면 행운이 따르고 사람들을 무릎 꿇릴 수 있대."

녀석은 허리까지 접으며 비웃었다. 바로 돌변해서 차갑게 빈정거렸지만.

"왜 아니겠냐. 네가 짱도 먹겠네."

"진짜야. 후기도 많고 역사도 깊어. 못 믿겠으면 인터넷 찾아봐."

녀석이 코웃음쳤다. 하지만 아까보단 구미가 당기는 눈치인지 코를 벌름거렸다.

"유명한 전사들은 결투할 때 이걸 꼭 썼다잖아. 아무리 센 상대라도 이겨 버리는 거지."

"그런 걸 왜 만든 건데?"

"돈이 되거든. 오컬트 시장에서 엄청 비싸게 팔리고 있어. 날 도와주면 조금만 나눠줄게. 다 줄 수는 없어."

"나더러 널 도우라고? 그 웃기는 걸 갖기 위해?"

갑자기 녀석의 표정이 차갑게 변했다.

"됐고, 내 나이프나 내놔."

이건 예상 못 했다. 끈기 없는 녀석 같으니라고.

"뭐해? 내 물건이나 달라고."

우두커니 서 있는 내 어깨를 녀석이 슬쩍 밀쳤다. 녀석의 팔에 툭 불거진 힘줄이 기어가는 구렁이처럼 보였다. 오늘을 넘기면 또 얼마나 많은 고양이들이 죽어 나갈까. 여기까지 불러내느라 얼마나 준비를 많이 했는데 이렇게 보낼 수야 없지. 머리를 굴려야 했다. 하지만 어떻게? 녀석은 돌려받은 나이프를 철커덕거리며 바닥에 놓인 랜턴을 들어 올려 내 얼굴에 비췄다.

"한 번만 더 내 물건에 손대거나 쓸데없는 소리 떠들다 걸리면 너도 저기 매달아 버린다. 고양이들 어떻게 됐는지 봤지?"

"다 고발할 거야! 네가 무슨 짓을 했는지 다 말할 거라고!"

절박한 내 말에 녀석은 고개를 이리저리 돌리고 꺾는 시늉을 하며 우두둑 소리를 내더니 목소리를 낮췄다.

"그래? 그럼 나는 너와 움막을 모두 태워줄게. 못할 거 같냐?"

녀석은 라이터를 찰칵거리며 역한 입냄새를 토하고는 더 이상 볼 일 없다는 듯 몸을 돌렸다. 풀벌레마저 언제 울음을 그쳤는지 사방이 지나치게 조용했다. 불쑥 짝이 녀석에게 빼앗겼던 낡은 인형이 떠올랐다. 가방에 대롱대롱 매달려 있어서 누구나 볼 수 있었지만 탐낼 만한 물건은 아니었다. 짝이 그걸 애지중지한다는 걸 들키지만 않았어도.

이대로 실패인가? 아니다.

논리로 안 될 때는 감성적으로 접근해야지.

"휴…. 다행이다."

나는 한숨과 함께 들릴 듯 말 듯 조그맣게 속삭였다.

"흐아…. 다행이다, 진짜."

녀석의 걸음이 느려지는 듯싶더니, 멈추었다. 놈이 돌아섰다!

역시 놈은 무엇을 가지고 싶어서 뺏는 게 아니었다. 뺏고 싶어서 뺏는 거지.

녀석은 성큼 다가와 내 눈을 똑바로 들여다보더니 한쪽 입술을 끌어올려 웃었다. 가까이서 보니 눈동자가 옅은 갈색이었다. 나는 향수병을 든 손을 뒤로 돌린 채 최대한 불쌍한 표정을 지어 보였다. 그때 짝이 뭐라고 했었더라?

"알았어, 아무한테 아무 말도 안 할 테니까 그냥 가."

녀석은 재미있다는 표정으로 히죽거리며 팔을 뻗어 내 손목을 비틀고 느슨하게 쥐고 있던 그 사악한 액체를 낚아챘다. 나는 기뻐하는 기색을 내보이지 않으려고 안간힘을 썼다.

"쓰지 마. 제발 그러지 마. 그게 얼마나 비싼 건데!"

말이 끝나기가 무섭게 녀석은 양쪽 귓바퀴와 손목에 그걸 두 번, 세 번씩 듬뿍 뿌리고 킁킁거렸다. 됐다! 잠시 후 녀석은 몇 번 비틀거리더니 어지러운 듯 바닥에 주저앉아 눈을 감았다.

"그 가운은 뭐야? 무슨 마법사 놀이라도 하는 거야? 감히 네가 날 묶어? 죽으려고 작정했냐? 이거 빨리 안 풀어?"

잠시 후 정신을 차린 녀석이 발광하기 시작했다. 표정은 모르겠지만 평소처럼 자신만만한 목소리는 아니었다.

"멋으로 입는 거 아냐. 보호하는 거지."

"뭘 보호해, 보호하긴! 정신 나간 게 뭐라는 거야! 야!"

상냥한 내 대답이 맘에 들지 않는지 녀석의 얼굴이 더 찡그려졌다.

"정신이 나간 건 너지. 지금 아스트랄한 것들이 여기로 모여들고 있을 거라고. 그렇게 떠들면 너한테 집중돼. 결계를 치긴 했는데 혹시 모르잖아. 얌전히 좀 있지?"

그제야 고개를 내려 흙바닥에 그려진 마법진을 눈치챈 녀석이 한층 더 당황한 듯 말했다.

"뭐, 뭐야. 너 뭐 하는 거야? 아, 나한테 왜 이러는데!"

"너 일진인가 뭔가 그거라며."

"하! 알면서 이런 짓을 해? 뒷감당할 수 있겠냐?"

평소처럼 이죽거리며 말하고 있었지만 목소리가 희미하게 떨리고 있었다.

"약한 애들 안 건드리고 니들끼리 승부 내는 게 일진 아니었나?"

"…내가 너 건드린 적 있냐?"

"고양이들은 건드렸잖아."

나는 불쌍한 고양이들이 발견되었던 나무를 올려다보며 말했다.

"네가 키우던 고양이도 아니잖아! 뭔 상관이야!"

"그러니까 상관도 없는 나 귀찮게 하지 말고 너희끼리 대화하란 거지."

"그게 무슨 헛소리야? 누구랑 무슨 대화를 해! 이거나 빨리 풀어."

"고양이들이랑 직접 얘기하라고. 애니멀 커뮤니케이터라고 못 들어봤어?"

"네가 애니멀 커뮤니…그거라고?"

"내가? 내가 왜? 네가 지금부터 그거 하라고. 그래야 고양이들 마음을 알지."

"와씨, 저거 미쳤네! 너 제정신이냐? 돌았냐고!"

녀석이 몸을 이리저리 뒤틀며 발작하듯 소리 지르기 시작했다.

"넌 언제나 악당 노릇에 익숙해서 당하는 쪽이 어떤 마음인지 상상조차 못 했었겠지. 네가 괴롭히고 때리고 학대할 때는 아무 생각 없었는지 몰라도 이제부턴 다를 거야."

"풀러! 빨리 못 풀러? 괭이 새끼들처럼 죽여버리는 수가 있어!"

"아유, 되게 시끄럽게 하네. 미안한데 내가 의식에 집중해야 해서 너 입 좀 다물어야겠다. 맛은 나쁘지 않을 거야. 꽤 유명한 호박엿이거든."

엿을 물리자 녀석의 목소리가 웅얼거리며 반으로 줄었다. 달빛이 구름에 가려져 얼굴이 잘 보이지 않았다. 장소를 잘못 골랐나 잠깐 생각했지만 여기만큼 학교에서 유인하기 편한 곳은 없었다. 게다가 산은 자연의 힘이 큰 영향을 미치는 곳이다. 마법 책에는 황폐하거나 외딴섬도 좋다고 했지만 이 나무 아래서 범죄가 일어났으니 여러모로 여기가 적당했다. 반성도 시킬 겸. 마치 내 생각을 읽은 듯 어디선가 냐옹, 하는 소리가 들렸다. 나는 자루를 열어 가져 온 것들을 주섬주섬 꺼냈다. 구망성을 그리고 모서리마다 준비해 온 물품들을 놓자, 아까보다 더욱 그럴듯했다. 동쪽에는 꽃잎을 뿌리고 서쪽에는 소금을, 남쪽에는 마법 오일을 내려두었다. 북쪽에는 원래 검은 암탉의 깃털을 두어야 하지만 구할 수가 없었다. 아쉬운 대로 누런 깃을 놓아둔 게 조금 마음에 걸렸지만 서둘러야 했다.

포털을 열기 위해 마방진을 점검하는 동안 녀석의 목소리가 다시 커지기 시작했다. 급하게 먹은 탓인지 입가에서 침이 뚝뚝 흐르는 녀석에게 다가갔다. 손이 많이 가는 녀석이다.

"제대로 먹지, 어휴…. 이게 뭐야, 더럽게. 하나 더 먹어라."

주머니의 엿을 몇 개 더 꺼내 그 입에 다정하게 넣어 주었다. 테이프로 입을 막거나 재갈을 물리는 건 나쁜 범죄자들이나 하는 짓이다. 몸에 좋고 맛도 좋은 호박엿. 아깝긴 하지만 맛있어하는 녀석을 보니 흐뭇했다.

"어이구, 천천히 먹어. 아직 많아. 억지로 씹으면 이 나가고 충치 생긴다, 너?"

녀석이 뭐라고 화를 내고 있었지만 알 바 아니고. 하여간 고마운 줄을 몰라, 쯧. 나는 물그릇을 정성껏 닦아 내려놓았다. 거기에 마법 오일과 가루를 조금 넣고 비법이 적힌 종이를 말아 불을 붙였다. 불꽃이 연소하며 길고 가느다란 연기가 피어나자 그 속에 어떤 형체가 보였다. 역시 이번에도 고양이 같다. 가져온 찻물을 넉넉히 뿌려 불을 끄자 강렬하고 고약한 향이 피어올랐다. 그릇을 들어 올려 녀석의 머리에 몇 방울 뿌리자 괴로운 듯 신음했다.

"아, 왜! 이거 되게 귀한 건데. 약초 우린 물이야. 몸에 나쁜 거 아냐. 이거 모으느라 얼마나 고생했는데. 냄새는 좀 그렇지만. 헤헤."

녀석의 정신건강을 위해 고양이 오줌 한 방울이 섞여 있다는 말은 하지 않았다. 괴롭히려는 의도는 조금도 없으니까. 착하게 살자, 친구야. 응? 이제 에너지가 풀려나가는 심상을 떠올리며 주문을 외울 때였다. 나는 동쪽을 향해 서서 두 손을 모았다.

"저는 바라고 호소하노니, 가엾게 죽어간 불쌍한 영혼들을 위해 이 의식을 행합니다."

머릿속에 잠깐 이쪽이 동쪽이 맞나 하는 생각이 스쳐 실눈을 뜨고 나침반을 다시 확인했다.

"에, 또… 그러니까, 흠. 이것은 저주가 아닌 선, 평화를 위해 정련된 영창으로, 무지개다리를 건너지 못하고 방황하는 아이들과 어리석은 친구를 올바른 방향으로 인도하고 정화하기 위해… 아, 그들 사이 소통의 능력을 부여하고자 하는 간절한 염원입니다."

다음은 뭐였더라. 다 외운 줄 알았는데 막상 하려니 기억이 안 나네. 보고 읽어도 되겠지? 가져온 마법서를 펼쳐 랜턴을 비췄다.

"이 가여운 영혼을 무지갯빛 신전으로 잠시 데려가 주소서. 그들을 재회하게 하시고 그들 사이에 소통의 벽을 없애 주소서. 깨달음으로 마땅한 반성과 참회의 길에 이르게 하시고 신성한 달빛으로 훈련해 주소서…."

응? 잠깐. 달빛? 만월인데 왜 이렇게 어둡지?

"강력한 이름 바스테트의 신성으로 마땅하게 일어날 일을 행하시고, 잘못한 이에게 반성과 이해가 넘치도록 하여 주시기를 간청합니다. 찬란한 이 의식을 통해 마침내 그가 원래의 자신을 잠시 잊고 달빛이 추구하는 빛 속에서 스스로를 새롭게 발견할 수 있도록 하소서."

나는 찻물과 오일을 섞어서 뿌려서 결계를 강화한 뒤 눈을 감고 마지막 의식인 신성한 몸짓의 사위를 했다. 때마침 부엉이 울음소리가 들렸다. 캬, 연출 끝내준다! 이럴 때 BGM 깔리면 좋아요 폭발할 텐데. 이런저런 음악을 떠올리다 눈을 떴다. 의식은 잘한 것 같은데 이 느낌은 뭐지? 녀석이 있던 자리가 허전했다. 녀석이 사라졌다. 그새 도망간 건가? 망했네. 어쩌지?

그때 아주 작은 털 뭉치가 원 안에서 꿈틀거렸다. 온몸의 털을 부풀린 작은 고양이였다. 고양이는 엿을 문 채 뒷다리에 로프를 매달고 성질을 내고 있었다.

"이 마녀가! 나한테 무슨 짓을 한 거야!"

냐옹거리는 말이 들려와 펄쩍 뛸 만큼 놀랐다. 밤이나 율무, 녹두의 말이 처음 들려왔을 때와 비슷했지만 조금 달랐다. 다음은 길고 날카로운 비명이었다. 그 소리에 허둥거리며 물러나다 넘어질 뻔했다. 간신히 균형을 잡기가 무섭게 애처롭게 울부짖는 소리가 들려왔다. 눈을 부릅뜨고 주변을 둘러보았다. 잿빛 잎새들이 불길하게 우수수 떨어졌다.

"야, 장난치지 마. 너, 너… 어디 갔어?"

목소리가 기이하게 갈라졌다.

"너야말로 장난치지 마. 이거 무슨 상황이냐니까?"

거의 울먹거리는 소리는 분명 녀석이었다. 어리둥절하고 있는데 아까의 고양이가 지그재그로 다가오더니 힘없이 앞발을 휘둘렀다. 어라. 아까 뿌린 향수 냄새. 필사적으로 몸을 뒤트는 녀석을 안아 올려 눈을 맞추었다. 겁에 질린 갈색 눈동자. 왼발은 치즈색, 오른발은 짙은 밤색에 가슴에 해골 모양이 있는 특이한 카오스였다. 해골…. 나는 바닥에 털썩 주저앉았다.

"으아아아아!"

+ + +

그러니까 녀석은 고양이가 되었다. 엿 먹은 고양이.

결코 의도한 바는 아니라고. 흠흠.

내가 페이지를 좀 잘못 연 것 같긴 한데 다시 하면 되지.

당분간은 동아리 일도 있고 이래저래 바쁘니까 나중에. 게다가 녀석이 커뮤니케이터가 되긴 했잖아. 애니멀 커뮤니케이터가 아니라 고양이-휴먼 커뮤니케이터가 된 게 문제지만, 암튼 절반은 성공. 다음엔 제대로 해야지.

녀석은 바락바락 악쓰는 소리와 우는 소리를 번갈아 내며 우리집 고양이들에게 훈련받는 중이다. 밤이는 틈만 나면 녀석을 공격하고 율무는 하루에도 백 번씩 왜 그랬냐고 따지듯이 애옹거려서 녀석을 질리게 했다. 녹두는 간식을 가로챘다. 녀석은 하루 종일 도망 다니기에 바쁘다. 이제 약자의 입장을 좀 알았겠지. 못된 습관도 끊게 되었으니 오히려 내게 감사할 일 아닌가? 녀석은 나와 생각이 달라서 유감이다.

"빨리 되돌려 놔! 해결하라고!"

"응, 너 하는 거 봐서."

"다 고발할 거야! 네가 나 고양이 만든 거 다 이를 거라고!"

"응응, 그래. 근데 누가 그 말을 들어주는데? 사람이 될 수는 있고?"

녀석이 귀를 납작하게 내리고 꼬리를 탕탕 내리쳤다.

"내가 뭘 그렇게 잘못했는데? 애들한테 장난 좀 친 거? 고양이들? 그게 무슨 범죄도 아니고. 이건 아니지!"

너무 어이가 없어서 화조차 나지 않았다.

"범죄가 아니긴. 그래, 뭐. 반성 없이 계속 그렇게 살든가."

"너희 집 다 아작내버릴 거야!"

녀석의 말이 끝나기가 무섭게 밤이와 녹두가 얼굴을 일그러뜨리며 하악 소리를 내며 다가왔다. 적대감이 서린 눈초리가 제법 매서웠다. 꼬리를 부풀린 밤이가 녀석을 덮치기 직전 밤이를 안아 올렸다.

"오늘은 그만. 애도 반성할 시간이 있어야지."

놀란 녀석은 엉겁결에 튀어 올랐다가 순하게 고개를 떨구고 가늘게 떨리는 앞발을 모았다.

"말 잘 들어야 간식도 주고 사람 만들어 준다."

다음 만월까지는 몇 주밖에 남지 않았지만, 그날은 타로 동아리에서 라이브 방송을 하기로 했다. 다들 신이 나서 와

글와글 떠들다 온 참이다. 녀석은 상처투성이로 종일 구석에 숨어 시무룩하게 창밖만 바라보고 있다. 참회의 시간으로 적당한 시간은 얼마큼일까?

"심심하면 네가 그동안 저지른 잘못을 되짚어 보든가. 책에서 보니까 네 마음이 정화되지 않으면 되돌아갈 수 없어. 일단 네가 먼저 변해야지. 나도 너 하는 거 봐서 다음 의식을 할 생각이거든."

목덜미를 긁어주자 자기도 모르게 그릉그릉 기분 좋은 소리를 낸 녀석이 흠칫하더니 자존심이 상한다는 듯 고개를 홱 돌려버렸다.

"에이, 원래 흑마법은 딱 한 번만 하고 끊으려던 거였는데 너 때문에 안 되겠네. 너를 되돌리려면 흑마법의 고수가 되는 수밖에."

나는 빙긋 웃으며 덧붙였다.

"물론 고수가 된다 해서 너를 꼭 되돌린다는 보장은 없지만. 마녀는 변덕이 심하거든!"

최형심

그림자의 집

닥치는 대로 전화를 걸었다. 하지만 어느 누구에게도 연락이 닿지 않았다. 통신장애가 발생한 게 분명했다. 빨리 철거 지역을 벗어나야 했다.

하늘의 붉은 기운이 점점 사라지고 있었다. 어둠이 내리면서 위치를 가늠하기 점점 어려워졌다.

그림자의
집

나는 고개를 들었다. 눈이 내리고 있었다. 눈앞에 보이는 세계는 온통 하얀색이었다. 거대한 유백색 모포로 덮어놓은 것 같은 풍경이었다. 멀리 병풍을 펼친 듯 늘어선 산 위로 희미하게 태양이 떠 있는 게 눈에 들어왔다. 눈발에 가려진 태양은 초저녁 밤하늘에 뜬 달처럼 보였다. 함박눈이 내리고 있었고, 때문에 태양이 중천에 떠 있음에도 보랏빛 어스름이 가시지 않았다. 구름이 아주 낮게 깔려있어서 더 그런 것 같기도 했다. 이따금 낮게 깔린 보랏빛 구름 사이로 태양이 아주 잠깐씩 환한 얼굴을 내밀 때면 뾰족한 산봉우리 끝이 반짝, 빛을 냈다.

나는 조심스럽게 첫걸음을 떼었다. 눈 위에 발을 내디디자 발이 푹 꺼졌다. 한참을 꼼짝 않고 서 있어서인지 온몸의 근육이 팽팽하게 당겼다.

눈바람이 얇은 옷을 비집고 들어왔다. 빨리 몸을 숨길 곳을 찾지 못하면 얼어죽을지도 모를 일이었다. 나는 정신없이 걸어 산 쪽으로 향했다. 발이 푹푹 빠지는 눈 속을 빠른 속도로 움직였다. 그 덕분에 몸에서 열이 올라왔고 어느 정도 견딜 수 있었다. 온통 하얗게 보이던 산은 가까워질수록 군데군데 검은 바위를 드러냈다. 바위 틈으로 검은 아가리를 벌린 동굴의 입구가 눈에 들어왔다. 나는 감각이 점점 없어지는 다리로 달리고 또 달렸다. 동굴 입구에 들어서자 훈훈한 공기가 훅 올라왔다.

그날 오후, 나는 허름한 건물 사이를 뒤지고 있었다. 허물어진 붉은 벽돌 담장 위에 앉아 있던 고양이 한 마리가 인기척에 놀라 반쯤 떨어져 나간 현관문 안으로 도망갔다. 갑작스런 움직임에 놀라기는 나도 마찬가지였다. 잠시 멈춰섰던 나는 그게 고양이라는 걸 알고는 안심했다.

철거 예정 지역의 풍경은 어디나 비슷했다. 무너진 벽과 버려진 거울, 부서진 가구들, 빛바랜 사진들, 무성하게 자라난 잡초들…. 낡고 허물어진 풍경에 겹쳐지는 기억이 내 마음을 짓눌렀다.

문을 열자, 습도를 머금은 공기와 버려진 폐기물들이 내뿜는 냄새가 어우러져 특유의 냄새를 풍겼다. 그것은 지하실 푸른곰팡이에서 나던 냄새와 비슷했다. 콧속을 비집고 들어가 뇌까지 조금씩 녹아내리게 할 것 같은 축축하고 비릿한 냄새였다.

나는 수첩을 꺼내 빈집의 상태와 거기에 살았던 사람들에 대해 추리할 수 있는 작은 단서들을 기록했다. 3분의 1 정도 뜯겨 나간 때 묻은 벽지를 만져 보았다. 유행이 한참 지난 벽지였다. 적어도 20년은 도배를 한 흔적이 없었다. 버려진 낡은 덧신 한 짝에 남은 자잘한 꽃무늬만 화려했다. 남겨진 달력을 보니 늦게까지 이곳을 떠나지 못하고 고민한 흔적이 남아 있었다. 꽤 오래 새로 이사 갈 집을 구하지 못해서 불 꺼진 동네에서 버텼다는 생각이 들자 짠한 기분을 느꼈다.

다시 마당으로 나오자 발아래 버려진 낡은 거울 속으로 여름 하늘을 유유히 떠가는 한 무리의 구름이 반사되고 있었다. 여기저기 칠이 벗겨진 집의 벽면 위로 햇빛이 부서지고, 주인이 떠난 집 마당에는 이름 모를 잡풀들이 우거져 있었다. 마당은 그다지 넓지 않았지만 오밀조밀 구역이 나뉘어 있었고 누군가 심은 것이 분명한 크고 작은 나무가 어우러져 자라고 있었다. 아마 이 집에 살았던 사람은 때맞춰 풀을 뽑고 물을 주는 부지런한 사람이었을 것이다. 잡풀 사이에서 손톱만 한 보라색 꽃이 고개를 숙이고 있었다. 나는 가방에서 생수병을 꺼내 꽃에 물을 뿌려 주었다.

"어차피 조금 있으면 헐릴 집인데, 물은 왜?"

언제 왔는지 회장이 물었다.

"그 집은 어땠어요?"

나는 반가운 마음에 회장에게 되물었다. 제한된 구역 내에서의 개별 탐방 중에 회원끼리 우연히 만나는 일은 흔했다.

"신혼부부가 살았는지, 도배한 지도 얼마 되지 않은 깨끗한 집이었어. 가구가 놓여 있던 자국조차 남지 않은 그런 상태였어. 방 한구석에 크림색 싸구려 사진틀이 버려져 있는 것도 그렇고, 벽에 남아 있는 유치한 낙서도 그렇고, 일찍 결혼한 어린 부부가 아니었을까 싶어."

회장은 나보다 열 살이나 많은 형이었지만 모임의 막내인 나를 친구처럼 편하게 대했다.

"있다가 저기 보이는 큰 교회 앞에서 모여서 정리하고 뒤풀이 가기로 한 거 잊지 않았지? 너무 늦지 마."

그는 내 어깨를 두어 번 치고는 사라졌다.

폐가 탐방 동호회를 알게 된 것은 유튜브 알고리즘 때문이었다. 그즈음 나는 낡은 집 사진을 매일 검색해 보고 있었다. 기억 속 그 집이 분명 대한민국 어딘가에 있을 것이기 때문이었다. 작은 단서라도 찾고 싶은 욕심에서 이리저리 뒤지다 폐가 탐방을 하는 유튜버들을 알게 되었다. 폐가 탐방에 나선 유튜버가 백골 상태의 시신을 발견했다는 뉴스가 떴고 그 계정의 조회수가 폭발했다는 소문이 돌았기 때문인지 너도나도 폐가 탐방 방송에 뛰어들었다. 하지만 대부분의 폐가 탐방은 담력 테스트 그 이상도 그 이하도 아니었고 내가 생각하는 목적과는 달랐다. 그러다 우연히 추천으로 뜬 폐가 탐방 동호회 회장의 인터뷰 영상을 보게 되었다. 회장은 특유의 차분하고 조곤조곤한 말투로 폐가 탐방이라는 다소 이상한 취미를 가지게 된 사연과 그가 이끌어가고 있는 작은 동호회에 모인 사람들의 이야기를 소개했다.

그길로 나는 인터넷 카페를 뒤져서 폐가 탐방 동호회에 가입했다. 주로 10대 후반에서 20대 초반의 사람들이 많았다. 폐가 탐방 동호회에서는 한 달에 한 번 정도 정기 탐방을 나갔다. 매달 첫 주에는 다음 탐방을 위한 회의를 열었다. 회의에서 의견이 모아지면 그다음 주말에 회장과 부회장이 사전 탐방을 갔다. 사전 탐방에서 별다른 위험이나 위해가 될 만한 것이 발견되지 않으면 그다음 주에 정기 탐방을 갔다. 정기 탐방을 다녀온 다음 주에는 탐방 보고를 위한 모임을 가졌다.

탐방은 개별 탐방과 공통 탐방으로 나누어 진행되었다. 탐방 지역과 일정이 결정되면 사전 답사를 통해 개별 탐방으로 진행할 것인지 공동 탐방으로 진행할 것인지를 결정했다. 개별 탐방으로 할 것인지 공동 탐방으로 할 것인지에 대한 명확한 기준이 있는 것은 아니었지만, 보통 뱀이나 멧돼지 같은 야생동물이 공격할 위험이 있거나 혹은 길을 잃을 염려가 있는 경우 공동 탐방으로 진행했다. 그런 위험이 존재하지 않는다고 판단되는 경우 개별 탐방으로 진행했다. 개별 탐방의 경우도 탐방 목적지까지의 이동은 함께했고 탐방지에서 각자 개별 탐방을 진행한 후 간단한 정리 모임을 가지는 것이 보통이었다.

겨우 중학생인 내가 학교 밖 동아리 활동에 참여하는 것을 위탁 가족들은 걱정스러운 눈으로 바라보았다. 이번에 보육원에서 위탁 가정으로 옮기게 되면서 최대한 적응하려고 애쓰고 있는 상황이었지만 딱 한 가지, 낡은 집에 대한 나의 집착에 가까운 열정은 나 스스로도 어쩌지 못하고 있었다. 다행히 위탁 가족은 나를 좀 특이한 것에 매달리는 애 정도로 생각하는 것 같았다.

당연한 이야기지만 나는 이 가족에서 언제나 겉도는 존재다. 물론 그들이 나에게 갑질을 한다거나 학대를 하는 것은 아니었다. 처음에는 나도 위탁 가족도 모두 서로를 조심스럽게 대했다. 서로에게 익숙해지면서 우리는 이전보다 서로를 편하게 대했다. 그것은 우리가 서로에게 적응을 마쳤다는 신호이기도 했다. 위탁 가정에 맡겨졌다가 반년을 채 못 채우고 다시 보육원으로 가는 일이 워낙 많았기 때문에 나의 위탁 가족 정착은 가정위탁센터 측에서도 꽤 성공적인 케이스로 여겼다.

위탁 가정으로 오면서 나는 전학을 하게 되었다. 내가 어렸을 때 엄마가 도망가고 아빠가 알콜 중독에 빠져 치료감호 중이라 보육원에 맡겨진 걸 아는 사람은 이제 아무도 없었다. 물론 주민등록등본을 떼면 위탁 가족의 자녀가 아닌 동거인으로 표기되어 있었지만 말이다. 하여간 보통의 평범한 아이들처럼 형과 누나가 있고 주부인 엄마와 직장에 다니는 아빠, 그리고 그 모든 이들이 모여 사는 집이 있었다. 보육원에서도 엄마, 아빠로 불리는 생활지도 선생님들이 계셨지만, 그것과는 느낌이 사뭇 달랐다. 예전 학교에서는 보육원 아이들끼리 몰려다녔기 때문에 대놓고 나를 놀리거나 비아냥거리는 아이들은 없었다. 하지만 나와 평범한 가정의 아이들과는 보이지 않는 벽이 있었다. 나는 항상

평범하기를 꿈꾸었고, 이제 적어도 겉으로는 평범해 보일
수 있었다. 나는 아이들에게 위탁 부모를 엄마, 아빠라고
이야기했다.

나는 항상 엄마와 함께했던 그 집에 대해 생각하고 있었
지만 내가 그 집에 대해 기억하는 것은 많지 않았다. 높은
창으로 들어온 햇빛이 가끔씩 이마를 비추던 일, 그 작은
창문으로 사람들이 지나가는 발소리를 들었던 일, 습기가
올라오는 벽과 벽지를 타고 올라오던 곰팡이꽃, 엄마의 다
정하고 나직한 목소리, 그리고 잘 기억나지 않는 엄마의 얼
굴, 두툼하고 투박한 입술, 손에 물 마를 날이 없다고 불평
하며 정성껏 크림을 바르던 길고 하얀 엄마의 손가락, 만지
면 손가락 사이에서 사르르 흩어지던 부드러운 머리카락,
가끔 엄마와 손을 잡고 나가 작은 공원 같은 곳을 걷던 일,
오지 않는 아버지를 기다리며 한숨이 늘어가던 엄마의 모
습, 그리고 어느 날 하얀 편지지에 쓴 글을 몇 번씩 고쳐 적
으며 훌쩍거리던 엄마의 모습, 그렇게 완성한 편지를 밥상
위에 두고 나를 할머니 집에 맡기러 가던 일, 두 밤만 자고

온다는 약속…. 기억은 이야기처럼 이어지기보다는 작은 파편처럼 조각나 있었다. 하지만 그것은 내가 가진 유일하게 따스한 기억이었다. 나는 그곳에 다시 가 보고 싶었다.

아버지는 자주 이사를 다녔고 자주 집에 오지 않았다. 게다가 술을 너무 마셔서 알콜성 치매 진단을 받은 후에는 자기가 살던 곳이 어딘지조차 정확하게 기억하지 못하게 되었다.

나는 그 집으로 다시 돌아가고 싶었다. 그곳에서라면 이 지긋지긋한 모든 불운들을 털어내고 다시 시작할 수 있을 것 같았다. 마음 한구석에는 그곳에서라면 혹시 엄마의 흔적이나 소식 같은 거라도 들을 수 있을지 모른다는 막연한 기대감 같은 것이 있었다.

해가 지고 있었다. 유난히 붉은 노을이었다. 하늘은 온 세상을 다 태울 기세로 불타고 있었다. 주변이 서서히 어둠에 먹히고 있었다. 여름 해가 길다고 방심한 탓이었을까. 일행과 합류하기로 한 장소인 교회가 보이지 않았다. 분명 얼마 전까지만 해도 다닥다닥 붙은 다세대주택 사이에 우뚝 솟은 십자가를 가진 교회를 동네 어느 방향에서도 볼 수 있었다.

일행과 떨어져 비슷비슷한 집 사이에서 헤매다가 날이 어두워지는 경험은 그리 유쾌한 것이 못 된다. 특히 전기와 수도가 다 끊긴 철거 예정 지역에서라면 더 그렇다. 나는 회장에게 전화를 걸었다. 신호가 약하게 잡히는지 회장의 목소리가 뚝뚝 끊겼다.

"뭐라고?"

"교회가 안 보인다고요. 십자가가 달린 교회 건물이 아예 없어요."

"무슨 소리야? 마을 중앙에 커다란 십자가가 떡하니 보이는데."

전화는 거기까지였다. 치지직 소리를 내더니 더 이상 아무 소리도 들리지 않았다. 나는 다시 전화를 걸었다. 신호가 가지 않았다. 이번에는 다른 회원에게 전화를 걸었다. 역시 신호가 가지 않았다. 전화기의 배터리는 충분했다. 휴대폰 전화번호부를 열어 닥치는 대로 전화를 걸었다. 하지만 어느 누구에게도 연락이 닿지 않았다. 통신장애가 발생한 게 분명했다. 빨리 철거 지역을 벗어나야 했다.

하늘의 붉은 기운이 점점 사라지고 있었다. 어둠이 내리면서 위치를 가늠하기 점점 어려워졌다. 모두가 내가 합류하기를 기다리고 있을 것이다. 돌아오지 않은 회원을 두고 모임을 해산할 사람들이 아니었다.

거리는 완벽한 어둠에 갇혔다. 철거 지역 저편의 불빛은 찬란하게 반짝이고 있었지만 철거 지역은 점점 더 깊은 어둠에 갇히기 시작했다. 보이지 않는 교회를 찾는 대신 일단 재개발 지역을 벗어나야겠다는 생각이 들었다. 그 후에 다시 전화해서 위치를 알리고 헤어져 집으로 가든 늦게라도 잠깐 얼굴을 비추든 하면 될 것이었다. 걸음이 점점 빨라졌다. 불빛이 잡힐 듯 가깝게 보였다. 나는 속도를 내 달리기 시작했다.

그때, 발에 무언가 걸렸다. 몸이 중심을 잃고 붕 뜨나 싶더니 이마가 땅에 닿았다. 나는 이마를 짚으며 털고 일어났다. 다행히 크게 다친 곳은 없는 것 같았다. 나는 주섬주섬 일어나 가방을 챙겼다. 그런데 불빛이 보이지 않았다. 넘어지면서 방향 감각을 잃어버린 탓인가 싶어서 주변을 둘러보았지만, 아무것도 보이지 않았다. 나는 달리던 방향 쪽으로 서서 눈을 비볐다. 역시 어디에도 불빛이 보이지 않았다. 설상가상으로 가슴에 걸려 있던 목걸이형 나침반마저 없었다. 주변을 손으로 더듬어 보았지만 거친 벽돌만 만져졌다.

나는 다시 넘어지지 않도록 발밑을 조심하면서 계속 앞으로 나아갔다. 등이 땀으로 젖었다. 공기 중의 습기 때문인지 숨쉬기가 버거워지는 느낌이었다. 땀에 젖은 몸과 가빠지는 숨, 답답하고 무겁게 내려앉는 공기, 그리고 사라진 불빛 때문에 점점 지쳐갔다. 어디라도 앉아 잠시 쉬고 싶었다.

걸음을 멈추자 어둠 속에서 허물어져 가는 담장이 희미하게 형태를 드러냈다. 손바닥으로 돌을 더듬어 대충 평평해 보이는 곳에 엉덩이를 걸쳤다. 가방에서 물병을 꺼내 벌컥벌컥 들이켰다. 물은 미지근했다. 얼음이 동동 뜬 차고 시원한 물이 그리웠다. 그래도 물이 아예 없는 것보다는 나았다. 몇 모금 마시고 나자 좀 살 것 같았다. 나는 이마에 맺힌 땀을 짧은 소매를 당겨 닦았다. 젖어서 이마에 찰싹

달라붙은 머리카락을 쓸어넘겼다.

덥고 습한 바람이라도 불어와 이마를 말려 주기를 바랐지만 바람 한 점 없었다. 나는 입으로 후후 바람을 만들어 이마 쪽으로 불었다. 바람은 코에 걸렸다 이마 쪽으로 넘어갔다. 대충 땀을 닦고 다시 일어나려는 찰나, 무언가 발등에 툭 떨어졌다. 나는 바닥을 더듬어 떨어진 물건을 주웠다. 익숙한 촉감이었다.

'어? 이게 왜 여기 있지? 분명 아까 넘어지면서 잃어버렸는데….'

그것은 목걸이형 나침반이었다. 나는 나침반을 손에 든 채 주변을 둘러보았다. 어두웠지만 어딘가 눈에 익은 윤곽들이었다.

'여기는….'

나는 놀라서 앞쪽을 더듬어 보았다. 몇 발자국 앞에 커다란 돌이 있었다. 아까 내가 걸려 넘어졌던 그 돌이었다. 크고 뭉툭한 느낌과 매끄러운 표면, 길 한가운데 버려져 있는 것까지… 그 돌이 분명했다. 바람도 없는데 등이 서늘했다. 같은 곳을 돌고 있었던 것이다.

'하마터면 밤새도록 이 동네를 헤매고 다닐 뻔했어.'

피곤이 밀려왔다. 어둠 속에서 계속 같은 자리를 맴도느니 아침이 되기를 기다렸다가 빠져나가는 편이 더 나을 것 같았다. 폐가에서 밤을 보낸다는 것이 썩 내키는 일은 아니었지만 여름이니 얼어죽을 염려는 없을 것이고 가방 속에 챙겨온 수건 같은 거라도 깔면 그럭저럭 잘 만한 곳을 만들 수 있을 것 같았다.

나는 어둠 속에 서서 사방을 둘러보았다. 희미한 윤곽의 집 한 채가 눈에 들어왔다. 주변과 달리 흰색으로 칠해진 페인트 덕분인지 어둠 속에서도 희부윰한 빛을 냈다. 문고리가 덜컹거리는 했지만 온전한 문을 가지고 있다는 것이 마음에 들었다. 문을 열고 들어가자 종일 뜨거운 공기에 노출된 집이 그렇듯 후끈한 열기가 온 집안에 가득 차 있었다. 나는 벽을 더듬어 창문이란 창문은 다 열었다. 공기가 통하자 열기가 좀 누그러졌다.

집은 평범했다. 현관문을 빼고는 문짝이 다 떨어져 나가기는 했지만, 침실과 거실, 화장실이 있는 흔히 볼 수 있는 그런 집이었다. 나는 텅 빈 거실 한가운데 자리를 잡았다.

바닥의 상태를 정확하게 알 수는 없었지만 만져 봤을 때 크게 걸리는 부분이 없었으므로 나는 가방 속을 헤집어 수건을 꺼냈다. 수건 한 장으로는 그럴듯한 잠자리를 만들기에는 턱없이 부족했다. 하지만 없는 것보다는 나았다. 수건을 펴고 눕자 별다른 생각을 할 틈도 없이 곧바로 잠에 빠져들었다.

무언가 배 위로 뛰어내렸다. 나는 으악, 비명을 지르며 잠에서 깼다. 심장이 두근거리고 손이 부들부들 떨렸다. 어둠 속에서 짐승의 두 눈이 나를 노려보고 있었다. 나는 얼어붙었다. 미동도 않고 나를 바라보던 눈이 나른하게 야-옹- 소리를 냈다. 나는 미지의 존재가 고양이라는 것을 알자 안심이 되었다. 다시 누우려는데 고양이가 움직였다. 그때 나는 보았다. 맞은편 벽틈으로 새어 나오는 빛을.

'빛… 빛이라니…. 여기는 전기가 끊긴 곳인데…?'

고양이가 유유히 벽틈으로 사라졌다. 나는 벌떡 일어나 무언가에 홀린 듯 고양이가 사라진 벽 쪽으로 다가갔다. 가까워질수록 빛이 점점 강렬해졌다. 나는 실눈을 뜬 채, 벌어진 틈으로 몸을 밀어 넣었다.

벽이 문처럼 삐그덕 소리를 내며 열렸다. 벽 안쪽은 차가운 바람이 불어오는 낯선 풍경이었다. 싸늘한 기운이 온몸을 감쌌다. 짧은 소매 밑으로 드러난 팔에 오소소 소름이 돋았다. 정신이 번쩍 들었다. 무언가 잘못되어서 이상한 곳에 와 버린 것이 분명했다. 본능적으로 나는 뒤돌아서서 벽쪽으로 손을 뻗었다. 그 순간 찬바람이 휙 불었다. 탁, 둔탁한 소리를 내며 벽이 닫혔다. 나는 앗, 소리를 치며 벽에 손을 댔다. 하지만 나의 빈손이 허공에서 허우적거리고 있었다. 벽이 있던 자리에는 아무것도 없었다. 나는 놀라서 미친 듯이 벽이 있던 자리를 더듬었다. 거짓말처럼 아무것도 없었다. 나는 망연자실한 얼굴로 그 자리에 주저앉았다. 혹시 지독한 꿈을 꾸고 있나 싶어서 양쪽 뺨을 번갈아 때렸다. 너무 아팠다. 나는 놀라서 울음을 터뜨렸다. 온몸이 부들부들 떨렸다. 하지만 곧 울음을 그쳤다. 짧은 소매에 눈물을 쓰윽 닦았다. 운다고 해결되는 일은 없다. 정신을 차리자 주변의 것들이 서서히 눈에 들어왔다.

세상은 온통 흰 빛이었다. 한 번도 가 보지 못한 북극의 모습이 아마 이렇지 않을까 싶었다. 끝없이 펼쳐진 하얀 세상이었다. 얇은 셔츠 한 장만 걸친 채 그대로 있다가는 얼어 죽을 게 분명했다. 일단 체온을 유지하고 구조를 기다릴 안전한 곳을 찾아야 했다. 눈앞에 보이는 산 쪽으로 가기로 했다. 눈 덮인 바위산이지만 바람을 피할 공간이 허허벌판보다는 많을 것 같았다. 나는 눈 덮인 산을 향해 달리기 시작했다. 눈이 무릎까지 쌓여 걷기가 쉽지 않았다. 신발에 눈이 달라붙어 내 발은 걸을 때마다 점점 더 커졌다. 숨이 가빠왔다. 싸늘한 공기가 폐를 헤집고 들어가서인지 목에서 피 냄새가 올라왔다.

　눈앞의 산이 점점 가까워지고 있었으므로 나는 마지막 남은 힘까지 긁어모아 앞으로 나아갔다. 산이 점점 가까워지자 눈이 녹아서 검은 바위가 드러난 곳이 눈에 들어왔다. 아마도 그 부분만 따뜻한 공기가 올라오는 것 같았다. 더 가까이 다가가자 동굴 입구가 보였다. 동굴 입구에서 똑똑 물이 떨어지고 있었다. 분명 저곳이라면 얼어 죽지는 않을 것이라는 생각이 들었다. 동굴 입구에 닿는 순간, 나는 숨을 몰아쉬며 걸음을 멈췄다. 다리가 후들거렸다. 갑자기 멈춰서서인지 달려올 때보다 숨이 더 가빴다. 나는 꼬꾸라졌다. 내장이 전부 허공으로 쏟아져 나오는 느낌이 들었다. 나는 오랫동안 참았던 숨을 거칠게 내뱉었다. 죽기 살기로 달려온 탓인지 정신이 아득해졌다.

내가 기억하는 처음이자 마지막 가족 여행은 다섯 살 때쯤 바다를 보러 갔던 여행이었다. 그날, 늦여름의 햇살은 화사했고 하늘은 마치 가을 하늘 같았다. 대낮의 햇살은 따가웠지만 물은 수영을 하기에는 조금 차가웠다. 하얀 모래가 햇빛을 받아 반짝이고 있었다. 그날 나는 느닷없이 밀려온 큰 파도에 휩쓸리고 말았다. 발이 땅에 닿지 않았다. 코로 소금물이 쏟아졌다. 숨을 쉬려고 했지만 숨이 쉬어지지 않았다. 나는 짧은 팔다리로 허우적거리다 이내 축 늘어졌다. 정신을 잃어가고 있는 내 몸을 누군가 끌어당겼다. 엄마였다.

눈을 뜨자 따스한 공기가 나를 둘러싸고 있었다. 습기를 머금은 따스함이었다. 머리맡에 똑똑 물 떨어지는 소리가 들렸다. 물 떨어지는 소리는 텅 빈 공간에 공명음을 만들어 냈다. 그 소리는 깊은 나의 내면에 있는 알 수 없는 것들을 건드렸다. 나는 가만히 누운 채 눈물을 흘렸다. 물 한 방울이 똑 소리를 내며 이마에 떨어졌다. 물방울이 터지며 눈동자까지 물이 튀었다. 물기 때문인지 검은 세상이 덩어리 채 흔들렸다.

"잘 잤어?"

낯선 목소리가 물었다. 나는 깜짝 놀라 몸을 일으켰다. 눈에 어린 물기 때문인지 아무것도 보이지 않았다. 눈을 몇 번 깜빡이자 눈에 어렸던 물기가 뺨으로 흘러내렸다. 나는 일단 소매로 눈가를 훔쳤다. 그러고는 사방을 둘러보았다. 불을 피운 것도 아닌데 주변이 희미한 빛에 싸여 있었다. 검은 벽을 타고 간간이 떨어지는 물방울을 제외하고 아무것도 없었다.

"누구세요?"

나는 떨리는 목소리로 물었다. 동굴이 만들어내는 울림 때문에 내 목소리가 낯설게 느껴졌다.

"나는 동굴이야."

"동굴이요?"

"응, 지금 네가 누워 있는 바로 그 동굴."

예상하지 못했던 대답에 나는 어안이 벙벙했다. 하지만 곧 정신을 가다듬었다.

"동굴… 어디에 있는 동굴인가요?"

"여기는 얼음 행성이라고 불리는 곳이지. 그런데 사실 정확하게 말하면 행성은 아니야."

"무슨 말인지 모르겠어요."

"궤도에서 이탈한 소행성 정도로 생각해 주면 될 것 같아."

"그런데 제가 왜 여기에 있는 거죠?"

"그건 스스로에게 물어야 할 질문 같은데."

"무슨 말씀이시죠?"

"네가 이곳으로 온 것은 너의 주파수가 얼음 행성의 궤도를 바꿔 놓았기 때문이거든."

"주파수요?"

"마음의 파장이라고 하면 이해할 수 있을까?"

"아, 마음…."

마음이라는 단어 앞에서 나는 갑자기 모든 게 이해되는 것 같았다.

잠시 숨을 고르더니 동굴이 마치 시를 읊조리듯이 이야기를 시작했다. 얼음 행성이 처음부터 그렇게 눈과 얼음으로 뒤덮인 곳은 아니었다고 한다. 소행성이 온통 얼음과 눈으로 뒤덮이게 된 것은 사람들의 춥고 어두운 기억이 쌓여서 그렇게 된 것이라고 했다. 소행성은 원래 사람들의 감정 주파수에 반응해서 궤도가 자주 변경되곤 했다고 한다. 그러다 보니 강한 파장을 가진 주파수를 뿜는 슬픔이나 그리움, 후회와 같은 어둡고 슬픈 감정에 휩싸인 사람들의 주파수가 자주 잡혔다. 그런 주파수에 감응한 소행성은 점점 얼음과 눈으로 뒤덮이게 되었다고 한다. 그리고 얼음 행성으로 오게 되는 이들은 대부분 마음속에 어두운 기억들을 가득 쌓아 두고 있어서 그림자가 점점 무거워져서 그곳으로 떨어지게 되는 것이라고 했다.

"그럼, 여기서 영원히 살게 되는 건가요?"

나는 혹시나 영영 내가 속한 세계로 돌아갈 수 없을까 두려웠다.

"아니. 누가 어둡고 고통스러운 기억을 가진 채 춥고 사시사철 눈 내리는 곳에 살고 싶겠니? 다들 원하는 건 똑같아. 어둡고 아픈 기억은 떼어 버리고 홀가분한 몸으로 원래의 세계로 돌아가고 싶어 하지."

나는 안도했다. 나 역시 춥고 낯선 곳에서 영원히 머물고 싶은 생각은 없었다.

"어떻게 하면 다시 돌아갈 수 있죠?"

"어두운 기억으로 무거워진 그림자를 가볍게 하면 돼."

"그럼, 어두운 기억을 버리기만 하면 되는 건가요? 그냥 어두운 기억을 버리겠다고 결심한다고 버릴 수 있는 건가요?"

"물론 그렇게 간단하지는 않아. 돌아가고 싶은 마음은 이해하지만 젊은 친구, 그래도 잠시 생각이라는 걸 해보는 게 어떨까 싶어. 누구나 좋고 행복한 기억만 가지고 살아가고 싶겠지. 하지만 어두운 기억을 없애는 게 꼭 그렇게 좋은 일만은 아니거든."

동굴의 묵직한 목소리가 낮게 깔렸다. 나는 조금 기분이 나빠졌다. 불행이 단지 책이나 화면 속의 이야기인 사람들에게는 불행이 단맛을 더 돋보이게 하는 쌉싸름한 맛 정도로 여기는 것 같다고 늘 생각했었다. 불행의 한가운데를 지나야 하는 사람은 동굴 밖의 찬바람이 몰아치는 얼음판 위를 걷는 것 같은 극심한 악천후 속을 맨몸으로 통과해야 하는데 말이다. 나는 작게 한숨을 쉬었다.

"그렇다고 이런 곳에서 영원히 살 수는 없잖아요."

"그건 그렇지…."

"돌아갈 수 있는 방법을 알려 주세요."

"방법은 몇 가지가 있을 수 있어."

"가장 빠르고 확실한 방법을 알려 주세요."

나는 단호하게 말했다. 동굴은 잠시 말이 없었다.

"동굴 가장 깊은 곳에 있는 그림자 무덤으로 가거라. 그곳에 가서 버거울 정도로 무거워진 네 그림자를 떼어 버리면 네가 속한 세계로 돌아갈 수 있지."

동굴의 목소리는 음습하고 무거웠다. 약간 실망한 것 같기도 했다.

나는 얼른 일어났다. 갑자기 일어나서인지 머리가 순간, 핑 도는 것 같은 느낌이 들었다. 약간 휘청거리긴 했지만 이내 중심을 잡았다.

나는 조심스럽게 발걸음을 옮겼다. 동굴 바닥은 울퉁불퉁했다. 돌부리에 걸려 넘어지지 않도록 긴장하면서 동굴의 깊은 곳으로 향했다. 안으로 향할수록 동굴은 점점 좁아졌다. 천장도 함께 낮아졌다.

동굴에는 아주 작은 구멍이 곳곳에 나 있어서 그 사이로 빛이 새어 들어오고 있었다. 기가 막힌 자연조명이라고 감탄하다가 구멍이 조금만 더 크다면 그 사이로 하늘이 보이지 않을까 하는 상상을 했다. 동굴 벽 곳곳에는 물방울이 맺혀 있었고, 잘못 건드리면 우두둑 소리를 내며 한꺼번에 떨어져 내리기도 했다. 다행히 동굴 어딘가에 온천이라도 있는지 따뜻한 기운이 퍼져 있었으므로 물방울에 옷이 젖는다고 해도 밖에서처럼 저체온증에 걸리거나 얼어 죽을 걱정은 하지 않아도 됐다.

겨우 몸 하나를 끼워 넣을 수 있을 정도로 좁아진 곳을 만나자 이게 정말 맞는 걸까 하는 의심이 들었다. 혹시 이렇게 돌 틈에 끼인 채 옴짝달싹 못하는 상태로 끝장이 나게 되는 게 아닐까 하는 공포가 엄습했다. 돌아갈까 싶었지만 그런다고 다른 뾰족한 수가 나올 것 같지 않았다. 겨우 한 뼘이 될까 말까 한 틈으로 몸통을 먼저 밀어 넣었다. 숨이 꽉 막혔다. 마지막으로 머리를 밀어 넣자 갑자기 물컹한 질감이 살갗에 닿았다. 섬뜩한 느낌에 몸을 빼려 했지만 움직일 수가 없었다. 큰일 났다고 생각한 순간, 몸이 쑤욱 빠졌다.

동굴이 아닌 다른 세계에라도 온 것 같은 풍경이었다. 어둠에 싸인 텅 빈 동굴 속에 거대한 광장이 서서히 모습을 드러냈다. 신기한 것은 머리 위에 떠 있는 둥근 달이었다. 달…, 정말 달 같았다. 크고 환한 백동전 같은 둥근 원이 희부윰한 빛을 사방으로 뿜어내고 있었다. 아마도 천장에 꽤 큰 구멍이 생겼고 그곳으로 빛이 새어들어 오는 것 같았다. 넓은 광장의 중앙으로는 에메랄드빛 물줄기가 흐르고 있었다. 나는 조심스럽게 물가로 다가가 손을 대보았다. 물은 살짝 뜨거웠다. 온천이었다. 거대한 보름달이 물에서 올라오는 수증기와 만나 신비로운 분위기를 내고 있었다.

그때였다. 물안개 속으로 미끄러지듯 작은 배 한 척이 다가오고 있는 게 보였다. 자세히 보니 어린 소년이 한 명 타고 있었다. 빠르게 내게 다가온 소년이 물었다.

"어디로 가실 건가요?"

소년은 서너 살밖에 되어 보이지 않았지만 어울리지 않게 또박또박 발음했다. 소년의 얼굴은 긴 머리카락으로 반쯤 가려져 있었다. 하지만 물기에 촉촉하게 젖은 눈빛은 어딘가 슬퍼 보였다.

"그림자 무덤으로 가려고 하는데."

그러자 소년은 엄지손가락을 입으로 가져가 손톱을 물어뜯었다. 그 모습이 어딘가 눈에 익었다. 나도 어릴 때 손톱을 물어뜯는 버릇을 가지고 있었다. 지금도 곤란한 질문을 받거나 난처한 상황에 놓이게 되면 손톱을 물어뜯곤 한다.

소년은 약간 망설이는 듯하더니 나에게 타라고 손짓했다. 나는 어린애가 조종하는 배를 탄다는 것이 불안하기는 했지만 내가 원하는 곳으로 데려다줄 수 있는 유일한 사람이었기에 다른 생각을 할 겨를이 없었다.

나는 물속으로 걸어 들어가 배 가까이 다가갔다. 가까이서 배를 본 나는 깜짝 놀라서 소리쳤다.

"종이배잖아! 이걸로 어떻게 강을 건너?"

아이의 눈에 실망의 빛이 지나갔다. 아이는 한숨을 쉬더니 뱃머리를 돌렸다. 그때 나는 종이배 옆구리에서 삐뚤빼뚤 그러진 노란색 별을 발견했다.

"저건⋯."

나는 뭔가에 얻어맞은 기분이었다. 잠시 정신이 아득해졌다. 그것은 내가 어렸을 때 엄마랑 접어서 소원을 빌며 시냇물에 띄워 보낸 종이배였다. 색칠공부책 특별부록으로 딸려온 것이었는데, 나는 종이배를 접은 후 색연필로 삐뚤빼뚤 노란색 별을 그려서 엄마에게 보여주었다. 엄마는 웃으며 그걸 아빠에게 보내자고 했다. 우리는 집 근처 도랑으로 가서 종이배를 띄워 보냈다. 종이배에는 가는 길에 딴 들꽃 몇 송이도 함께 실어 보냈다. 물론 소원을 비는 것도 잊지 않았다.

"잠깐만!"

나는 빠른 속도로 사라져 가는 배를 향해 휘적휘적 걸어갔다. 배가 멈췄다. 나는 돌아오라고 소리쳤다. 배는 잠시 제자리에서 맴돌더니 천천히 뱃머리를 돌려 내게로 왔다.

나는 배에 올라탔다. 소년은 말없이 나를 실은 채 종이배를 저어 어둠 속으로 사라졌다.

광장에서 멀어질수록 우리를 둘러싼 공기의 온도도 내려가기 시작했다. 어둠 속을 미끄러지던 배가 점점 속도를 줄였다. 싸늘한 기운이 옷소매 사이로 스며들었고 나는 한기에 몸을 떨었다. 소년이 배를 멈췄다.

"저기예요."

소년이 가리키는 곳은 흰빛을 뿜는 얼음 벌판이었다. 나는 조심스럽게 배에서 내렸다. 소년은 잠시 나를 물끄러미 바라보는 듯하더니 아무 말도 없이 미끄러지듯 배를 저어 사라졌다. 그림자를 떼어내려면 어떻게 해야 하는지 물어보려고 돌아섰을 때, 이미 소년은 사라지고 없었다.

그림자 무덤은 거대한 빙판처럼 보였다. 푸르스름한 흰빛이 얼비치는 빙판 위로 발을 내디뎠다. 발아래 바스락 소리를 내며 얼음이 부서졌다. 기분 나쁜 한기가 온몸을 덮쳤다.

"대체 어떻게 그림자를 떼어내라는 거야?"

나는 이렇게 중얼거리며 얼음으로 덮인 그림자 무덤 여기저기를 헤매고 다녔다. 이정표도, 묘비명도, 누군가 두고 간 말라버린 꽃도, 아무것도 없었다. 얼음 벌판은 가도 가도 끝이 보이지 않았다. 인내심이 사라지면서 점점 다리가 아파 왔다. 나는 걸음을 멈췄다. 망망대해에 혼자 버려진 기분이 들었다.

"아야, 저리 좀 가. 아프잖아."

갑자기 발아래서 누군가 소리를 질렀다. 나는 깜짝 놀라서 발밑을 보았다. 얼음 아래 등을 구부린 채 옆으로 누운 그림자 하나가 얼비치었다. 나는 얼른 비켜섰다.

그러자 처음에는 보이지 않던 것들이 보이기 시작했다. 그냥 단순한 얼음으로 보였던 것들 아래에는 희미한 사람의 형상들이 누워 있었다. 그런 형상은 수없이 많았다. 어떤 것은 반듯하게 누운 자세로, 어떤 것은 옆으로 누운 자세로, 또 어떤 것은 양팔을 벌린 자세로 누워 있었다. 때로는 서로 겹쳐지거나 엇갈린 채 누운 그림자들도 있었다.

"저기요…."

나는 용기를 내서 그림자에게 말을 붙였다.

"그림자를 떼어내고 싶은데, 어떻게 하면 되죠?"

"왜 그림자를 떼어내고 싶은 거지?"

그림자가 퉁명스럽게 물었다.

"어두운 기억으로 무거워진 그림자를 떼어내고 제가 있던 곳으로 빨리 돌아가고 싶어요."

잠시 그림자가 아무 말도 하지 않았다.

"그림자도 한 사람의 일부야. 함부로 떼어낼 수 있는 게 아니지. 그저 빨리 돌아가는 데 급급해하지 말고 잠시 생각을 해보고 결정하는 것도 나쁘지 않아. 조금 시간이 걸리겠지만 다른 방법이 없는 것도 아니고 말이야."

그림자는 진지한 목소리로 말했다.

"설교하실 생각이시면 그만두세요."

나는 그림자가 뜸을 들이는 것 같아 짜증이 났다.

"그런 게 아니야, 젊은이. 젊은이는 모르겠지만 그림자를 두고 간다고 행복해질 수는 없어."

"그럼, 일자리를 핑계로 여기저기 떠돌면서 가족을 돌보지도 않고, 늘 술에 취해 반쯤 제정신이 아닌 상태로 걸핏하면 어린 자식에게 술병이나 집어던지는 사람도 아버지라고 감지덕지하게 생각하며 살라는 건가요? 아이마저 버리고 새 삶을 찾아 떠나버린 어머니라도 없는 것보다는 나으니 다행으로 여기라는 건가요? 그렇게 버려져 보육원에서 자라게 된 구질구질한 삶을 축복으로 받아들이라는 건가요? 그런 환경에서 살아 본 적 없으면 저한테 이래라 저래라 하지 마세요!"

나는 갑자기 내 몸 저 깊은 곳에서부터 무언가 치밀어 오르는 것을 느꼈다. 목소리가 떨렸다. 그림자는 깊은 한숨을 쉬었다. 그러더니 빈 공간을 찾아 눕기만 하면 된다고 힘없이 말했다.

등이 차가웠다. 동굴 이곳저곳을 헤치며 다닌 탓인지 온몸의 힘이 다 빠져나간 것 같았다. 피로와 졸음이 몰려왔다. 얕은 잠에 빠진 내게 어디선가 목소리가 들려왔다. 그것은 엄마와 종이배를 냇물에 띄워 보내며 나눴던 말이었다. 점점 멀어져가는 엄마의 목소리가 자장가처럼 나지막하게 귓가에 들려왔다. 눈이 스르르 감겼다.

차가운 등에서 얼음 부서지는 소리가 희미하게 들렸다.

까마득한 절벽 아래로 떨어지는 것처럼 온몸이 저렸다. 저편에서 누군가 내 이름을 부르고 있었다. 목소리가 점점 가까워졌다. 회장의 목소리였다. 나는 눈을 떠야 한다고 생각했다. 하지만 눈을 뜰 수가 없었다.

망설이다가 소아정신과라고 적혀 있는 유리문을 밀었다. 정신과에 다닌다는 것이 내키지는 않았지만 할 수 없었다. 간호사는 처음 오셨냐고 물었다. 고개를 끄덕이자 종이 한 장을 주며 적으라고 했다. 나는 주민번호와 나이, 성별 같은 간단한 개인정보를 적고는 질문지를 채워 나갔다. 질문은 내과에 처음 갔을 때랑 크게 다르지는 않았다. 복용하는 약이 있는지, 고혈압이나 당뇨가 있는지, 그런 것들이었다. 조금 다른 것이라면 소아정신과인 만큼 과잉행동장애 환자가 대다수였기 때문인지 학업성적이 어느 정도인지, 수업시간에 집중은 잘하는지, 분노나 충동조절에 문제가 있는지, 비행을 저지른 적이 있는지, 반항적인지, 그런 것들을 물었다. 나는 모두 '아니오'에 체크를 했다. 맨 아래 칸에 방문 이유를 적는 곳을 발견하고는 망설이다 '환청'이라고 적었다. 초진 질문지를 간호사에게 넘겨주자 잠시만 소파에서 기다리면 이름을 부를 것이라는 안내를 받았다. 나는 소파로 돌아와 조용히 앉았다. 주변에는 유치원생이나 초등학생으로 보이는 어린아이들을 데리고 온 엄마들과 부산하게 돌아다니며 이것저것 만지는 아이들뿐이었다.

얼음 행성에서 돌아온 후 겉으로 내 일상은 평온했다. 방학이 끝나고 2학기가 시작되어서 학교생활에 신경 쓰느라 폐가 탐방 동호회 활동이 조금 뜸해진 것 빼고는 그럭저럭 잘 지내고 있는 것도 사실이었다. 나를 맡아준 위탁 가정은 삼수생 형이 외국대학으로 유학을 떠나면서 약간의 변화가 있었다. 말은 유학이지만 한국에선 단 한 곳도 그를 받아주는 곳이 없었기 때문에, 미국 촌동네의 커뮤니티 칼리지로 도망치듯 떠났던 것이다. 위탁모와 형은 자주 다투곤 했는데 물리적 거리가 생기면서 둘의 사이는 그전보다 훨씬 좋아졌다. 누나는 가을학기가 시작되자 소개팅을 부지런히 다니더니 연애를 시작했다. 아들을 외국으로 보낸 후, 처음에는 조금 우울해하던 위탁 부모는 곧 동창들과의 부부 동반 골프모임에 열중하며 그동안의 부담에서 벗어나 인생을 즐기기 시작했다.

　문제는 어느 날부터인가 내 안에서 올라오는 목소리였다. 그것은 동굴이 내던 목소리 같기도 하고 내가 허공에 대고 외치는 메아리 같은 목소리이기도 했다. 하긴 내가 내 목소리를 모르기 때문에 정확하게 내 목소리인지도 알 수 없었다. 하여간 어떤 목소리가 자꾸만 내게 말을 걸었다. 목소리는 구해 달라고 시도 때도 없이 애원했다. 가끔은 잠결에 들리는 환청 때문에 한밤중에 벌떡 일어나 소리를 지르기도 했다. 수업시간에도 들려오는 성가신 목소리 때문에 선생님의 질문에 제대로 대답하지 못해 망신을 당한 일도 있었다.

　처음에는 이비인후과에 갔다. 몇 가지 검사를 했지만 아무런 이상이 발견되지 않았다. 의사는 구체적인 음성이 반복적으로 들리는 건 이비인후과적인 문제가 아니라고 했다. 정신과적인 문제일 수 있다는 말을 들었을 때 겁이 덜컥 났다.

　'설마 알콜성 치매를 앓고 있는 아버지처럼 되는 건 아니겠지?'

정신과 문을 열고 들어가는 것이 쉽지는 않았다. 위탁 가족 중 누가 알기라도 하면 나를 멀리할까 두려웠다. 나는 고민하다가 혼자 조용히 소아정신과를 찾았다. 일종의 우울증일 수 있다는 의사의 판단에 따라 가벼운 우울증 약을 받았다. 하루에 한 알, 자기 전에 먹고 자면 잠도 잘 오고 기분도 꽤 좋아졌다. 하지만 그뿐이었다. 목소리는 내 기분과 상관없이 아무 때나 나타나 내게 구해 달라고 소리치기 일쑤였다. 약을 바꿔 보았지만 효과가 없었다. 의사는 조현병은 환청 등의 증상이 발생하고 6개월은 지나야 진단할 수 있다고 말을 아꼈다.

시간이 갈수록 내 속에서 올라오는 목소리는 조금씩 선명해졌다. '돌아와!' 목소리는 분명 그렇게 말하고 있었다. 목소리 사이 사이로 바람 소리가 들려왔다. 어느 날인가는 무언가 부서져 내리는 소리도 들었다. 얼음이 쩍 갈라질 때 나는 소리였다. 나는 그제서야 환청이 그림자가 나를 부르는 소리일지도 모른다는 생각이 들었다. 때로 환청은 선명하기도 하고 그렇지 않기도 했다. 얼음 행성의 날씨 변화와

관련이 있는 것 같다는 추측만 할 수 있을 뿐이었다.

시월이 되자 탐방 일정이 나왔다. 이번에는 가을맞이 단풍놀이를 겸해 강원도 산골로 탐방 장소가 정해졌다. 지난번에 내가 사라지는 바람에 밤새도록 재개발 지역을 뒤진 탓인지 한동안 폐가 탐방 동호회의 탐방 활동 자체가 중단된 상태였다.

새벽녘 빈집 거실에서 나를 발견한 회장은 차가운 내 몸을 무심코 건드렸다가 기겁을 했다고 했다. 그날 새벽, 나는 한여름에 저체온증으로 119에 실려 갔다. 자초지종을 설명했지만, 회원 중 내 말을 곧이곧대로 믿는 사람은 아무도 없었다. 급기야 미성년자는 받지 말아야 하지 않겠느냐는 말이 나왔고 온라인 투표에 부쳐졌다. 다행히 받자는 쪽이 두 표를 더 얻어서 쫓겨나는 것만은 면할 수 있었다.

청량리에서 출발한 기차는 도시를 벗어나 산과 강 사이를 달렸다. 두 시간도 안 걸려 강릉까지 갈 수 있는 KTX를 놔두고 우리는 거의 반나절이나 걸리는 무궁화호 열차를 탔다. 기차는 사람의 손길이 닿지 않은 산속을 달렸다. 우리는 어느 이름 없는 작은 역에서 내렸다. 우리 일행을 제외하고 아무도 내리는 사람이 없었다. 회장과 선봉대로 미리 답사를 다녀온 두 명이 앞장을 섰다. 작은 개울을 따라 산속으로 들어갔다. 가끔 등산로로 사용되기도 하는지 사람이 다닌 흔적이 희미하게 남아 있었다. 지난번 일 때문에 나는 무리에서 뒤처지지 않도록 신경을 썼다.

몇 시간째 걷고만 있었다. 누군가 단풍놀이를 겸한 폐가 탐사가 아니라 산악회 가을 산행 아니냐고 농담 반 진담 반으로 이야기했다. 숲으로 들어갈수록 사람과 문명의 흔적은 점점 희미해졌다. 노랗고 붉은 잎들 사이로 바람이 불어왔다. 차고 맑은 계곡물 위로 붉은 잎들이 떠내려왔다. 긴 그늘을 드리운 나무들 사이를 지나자 풀밭이 드러났다. 아마 봄이나 초여름에 왔다면 곳곳에 피어난 야생화와 바람에 쓸리며 춤추는 풀잎들 덕분에 풍경화 속으로 들어온 듯한 착각을 불러일으켰을 법한 곳이었다. 억새와 잡풀들은 아이 키만큼 자라 있었다. 회장은 등산용 지팡이로 풀숲을 헤치며 앞으로 나아갔다. 혹시 독오른 가을 뱀이라도 나타

날까, 나는 겁에 질린 채 조심스럽게 그의 뒤를 따라갔다. 서걱서걱 풀을 가르는 소리와 숨이 찬 사람들이 내뿜는 뜨거운 호흡과 맑고 차가운 바람이 합쳐져 묘하게 기분이 좋았다.

"저기야."

앞서가던 회장이 걸음을 멈추더니 외쳤다. 목적지가 눈앞에 있다는 소리를 듣자 긴 산행에 지쳐 있던 사람들 사이에 갑자기 활기가 돌았다.

그 집은 족히 100년은 되었음직한 집이었다. 세월의 무게에 눌린 슬레이트 지붕 아래 사람 대신 잡풀이 자리 잡고 있었다.

"동학 같은 데 가담했다거나 사연 있는 사람들이 관군을 피해 이런 깊은 산골로 들어와서 화전을 일구며 살았지. 가끔 사냥꾼이나 심마니들이 살기도 하고, 산비탈에 옥수수, 감자, 콩 같은 걸 심기도 하고, 약초나 버섯 같은 걸 캐다가 장에 나가 팔기도 하고 그랬던 거지. 뭐, 개구리나 뱀 같은 걸 잡아다 팔기도 했을 것이고. 1960년대까지도 화전민이 있었어. 요즘은 환경 문제 때문에 화전을 아예 금지하지만."

회장이 신이 나서 이야기를 쏟아냈다. 원래는 슬레이트 대신 너와나 굴피로 지붕을 올렸을 것이라고 했다. 너와를 뜨기 위한 소나무 벌목이 금지되면서 슬레이트로 바뀐 것 같다고 했다. 어쩌면 5~6년마다 지붕을 새로 얹는 일이 번거로워서일 수도 있다고 덧붙였다.

처마가 보통 시골에서 볼 수 있는 집보다 훨씬 낮았다. 겨울철, 지붕에 눈이 많이 쌓이면 위험하기 때문에 지붕의 눈을 빨리 쓸어내리기 위한 것이라고 했다. 온돌방, 부엌, 마루, 봉당 그리고 외양간까지 외벽으로 감싸져 있었다. 벽체는 흙벽이었다. 나는 흙벽에 손을 대고 조심스럽게 쓰다듬었다. 거칠기는 했지만, 벽은 생각보다 단단하고 따스했다. 나는 흙과 지푸라기 같은 소박한 재료들이 만들어내는 아늑한 느낌이 좋았다. 집 안을 둘러보고 난 회원들이 집에서 조금 떨어진 작은 냇물을 보러 간 사이, 나는 다리가 아프다는 핑계로 집에 혼자 남아 있었다. 일전의 사고를 기억하는 사람들은 꼼짝 말고 거기서 쉬고 있어야 한다고 당부하는 것을 잊지 않았다.

집안은 대낮인데도 어두웠다. 오래 걸어서인지 피로가 몰려왔다. 나는 부뚜막이었던 곳에 걸터앉아 흙벽에 머리를 대고 눈을 감았다.

가을이 오는 산속의 고요함이 나를 감쌌다. 보이지는 않지만, 흙벽 너머에는 바람도 잦고 하늘도 맑을 것이다. 나는 눈을 감고 고요에 집중한 채 숨을 들이쉬었다. 그러자 내 안의 목소리가 들려왔다. '제발 돌아와!' 목소리가 너무 선명해서 나는 하마터면 조용히 좀 하라고 할 뻔했다. '제발 돌아와서 나를 데려가 줘. 내가 없이는 너도 없는 거라고!' 목소리는 어떻게 해서든 내 마음을 돌려 보려고 애쓰고 있었다. 어쩌면, 아마 이전에도 내게 똑같은 말을 했을 것이다. 다만 내가 그 소리를 듣지 못했을 뿐이었을 것이다. 나는 내 안에서 들려오는 목소리에 설득된 듯 가만히 있었다. 생각해보면 그런 것 같기도 했다. 나는 항상 나의 어두운 부분이 나를 짓누르고 무겁게 하는 짐이라고만 생각해왔다. 내 생의 어두운 부분이 너무 무거워 얼음 행성으로 추락할 정도라면 내 인생에서 무거운 것을 조금 덜어내도 좋을 것 같다고 생각했다. 그러나 나는 그때 내 내면 어딘가에서 밀려오는 묘한 감정을 느꼈다. 그것은 죄책감이었다. 부끄럽고 힘들다는 이유만으로 나의 일부를 버렸다는 죄책감. 나는 내가 아닌 다른 누군가가 되고 싶어서 어쩌면 나라는 사람의 가장 중요한 부분을 버린 것이다. 나는 어두운 과거라는 검고 커다란 돌 속에 박혀 있는 아주 작은 석영 조각 같은 엄마와의 행복한 시간을 항상 그리워했다. 엄마와 함께했던 그 집을 찾기 위해 폐가 탐방 동호회에 가입하고 탐사를 나가면서도 그 모든 빛나는 순간들이 박혀 있는 검은 돌은 완전히 지우고 반짝이는 부분만을 챙긴 채, 남들처럼 평범하게 보이는 삶을 그 위에 덧씌우고 싶어 했다. 좋은 기억과 나쁜 기억, 그 모든 것이 하나로 어우러져 나라는 사람을 이루었는데 말이다.

나는 일어나 밖으로 나왔다. 바람 소리에 섞여 그림자의 목소리가 어지럽게 들려왔다.

"조금만 기다려. 내가 곧 데리러 갈 테니까."

내 혼잣말을 듣기라도 했는지 끝없이 머리를 어지럽게 하던 목소리가 잠시나마 잠잠해졌다. 그 틈을 타 찬 공기를 깊이 들이마셨다. 머리가 한결 맑아졌다. 멀리서 수다를 떨며 돌아오고 있는 회원들의 모습이 보였다.

전철에서 내린 나는 얼어붙었다. 어디가 어디인지 도무지 알아볼 수가 없었다. 허물어져 가는 집들과 집 없는 고양이들밖에 없던 곳은 흔적도 없이 사라지고 포클레인과 자재를 실어 나르는 트럭들, 그리고 하늘을 향해 올라가고 있는 회색빛 건물들만 보였다. 바닥을 파고 기초공사를 하고 있는 곳도 있기는 했지만, 이곳이 얼마 전에 탐사를 왔던 동네라는 사실이 믿어지지 않을 정도로 바뀌어 있었다. 대규모 아파트 단지가 들어설 예정이라는 것은 알고 있었지만 이렇게 한꺼번에 건물이 올라갈 줄은 몰랐다. 나는 갑자기 방향 감각을 잃었다. 마치 돌부리에 걸려 넘어졌다 일어났을 때처럼.

'여기서 어떻게 그 집을 찾지?'

저절로 한숨이 나왔다. 그렇다고 포기하고 그냥 돌아갈 수도 없었다. 점점 그림자 무덤에 두고 온 그림자의 비명소리가 커져가고 있었기 때문이었다. 나는 기억을 더듬어 앞으로 곧장 나아가다가 교회가 있었다고 짐작되는 지점에 이르러 왼쪽으로 방향을 틀었다. 하지만 얼마 못 가 막다른 골목에 이르고 말았다.

'여기가 아닌가?'

나는 뒤돌아 골목을 나왔다. 그러자 과연 여기가 교회가 있던 곳이 맞는지 의심이 들기 시작했다. 나무 한 그루 제자리에 있는 것이 없었다. 나는 다시 그 근처를 헤매고 다녔다. 조금이라도 기억을 되살려 그 집 근처로 가고 싶었다. 하지만 나는 공사장 한가운데서 방향을 잃고 말았다.

해가 지고 있었다. 찬바람이 불면서 해가 짧아졌기 때문에 겨우 5시를 조금 넘겼을 뿐인데 사방이 붉은 노을에 휩싸였다. 나는 어두워지기 전에 빨리 전철역으로 돌아가야 한다는 사실도 잊고 미친 사람처럼 이리저리 헤매고 다니고 있었다. 주변에는 공사현장을 떠나는 사람들이 하나 둘 늘었다. 자재를 실은 트럭은 더 이상 오지 않았고 고공 크레인도 움직임이 멎었다. 높은 곳으로 올라갔던 인부들은 하나 둘 아래로 내려와 안전모를 벗고 옷을 갈아입고는 짐을 챙겨 어디론가 사라졌다. 나는 그들이 일터를 떠나는 것을 물끄러미 바라보면서도 그곳을 떠날 줄 몰랐다.

'이대로 영영 못 찾는 거 아냐?'

나는 두려웠다. 지긋지긋한 그림자의 비명소리를 평생 들으며 살아갈 자신이 없었다. 나는 해가 지는 방향으로 서서 뒷걸음질을 쳤다.

'아마 그날도 해가 지고 이쯤에서….'

나는 희망이 없다는 것을 알았지만 지푸라기라도 잡고 싶은 심정으로 그 집의 위치를 가늠해보고 있었다. 그러다 나는 그만 돌부리에 걸려 휘청거렸다. 당연했다. 막 어둠이 내리는 시간에 뒷걸음질이라니, 공사 중에 파놓은 웅덩이 같은 곳에 처박히지 않은 걸 다행으로 알아야 할 판이었다.

중심을 잡지 못해 잠시 주저앉았던 나는 고개를 드는 순간 깜짝 놀라고 말았다. 공사장 가림막 사이로 아직 허물어지지 않은 집 한 채가 보였기 때문이었다. 하얀 페인트를 칠한 벽이 선명했다. 나는 놀라서 벌떡 일어나 그 집을 향해서 달려갔다.

떨리는 손으로 다른 세계로 향하는 틈이 있던 자리를 두 손으로 힘껏 밀었다. 꼼짝도 하지 않았다. 수십 번 시도했지만 벽은 굳건하게 제자리를 지키며 열리지 않았다. 나는 절망한 채 그 집을 나왔다.

'그러는 게 아니었어! 아무리 마음이 힘들어도 그렇지, 아무렇지도 않게 버리고 오는 게 아니었어.'

나는 흐느껴 울었다. 그때 차가운 것이 내 뺨에 닿았다. 첫눈이었다.

'아직 11월인데 너무 빠른 거 아냐?'

나는 눈물을 거두고 차가운 눈송이를 만졌다. 그러자 점점 바람이 차가워졌다. 눈이 점점 더 내리기 시작하더니 주변이 흐릿하게 변했다. 어느새 공사 중인 아파트들은 하얀색으로 덮이고 서서히 사라졌다.

나는 눈보라 속에 서있었다. 외투 사이로 바람이 비집고 들어왔다. 살이 떨어져 나갈 것 같은 추위였다. 나는 희미하게 웃었다. 어떻게 그곳에 도착한 것인지는 모르겠지만 얼음 행성이었다. 나는 주변을 살펴보다가 동굴이 있는 바위산을 찾아냈다. 나는 달리기 시작했다. 발이 푹푹 빠졌다. 여름보다는 두꺼운 옷을 입고 있기는 했지만, 눈보라

속을 헤치고 가기에는 부족한 옷차림이었다. 섬유 한 올 한 올의 틈 사이로 찬바람이 들어왔다. 살갗이 따가웠다. 나는 달리고 또 달렸다. 숨이 목구멍까지 차올랐다.

그림자 무덤에 다시 발이 닿았을 때, 그 뽀드득 뽀드득 얼음이 부서지는 소리가 더없이 아름답게 들렸다. 나를 그림자 무덤까지 실어다 준 소년은 이번에는 아무 말도 없었지만 나는 그가 나를 더없이 따뜻하게 환대하고 있다는 사실을 느낄 수 있었다.

하지만 곧 그림자 무덤의 무겁고 싸한 기운이 나를 움츠러들게 했다. 생각해 보니 나는 그림자를 다시 돌려받는 방법을 알지 못했다. 그림자를 돌려받지 못한다고 해도 그림자에게 다시 돌아가고 싶었다. 그리고 미안하다고 말해 주고 싶었다.

그림자를 찾는 일은 생각처럼 수월하지 않았다. 그림자라는 것이 사람처럼 피부색이 있다거나 특징적인 생김새가 있는 게 아니었기 때문이었다. 바닥에 얼비치는 모습만으로 잃어버린 내 그림자를 찾는 건 거의 불가능에 가까웠다. 나는 찾고 또 찾았다. 어떤 그림자는 조금 짧았고 어떤 그림자는 너무 컸다. 어떤 그림자는 팔이 너무 길었고 어떤 그림자는 머리 모양이 달랐다. 그래도 나는 좌절하지 않았다. 내가 아는 단서라고는 내가 정면을 보며 반듯하게 누워 있었다는 것, 그리고 빽빽하게 가득 찬 그림자들을 피해 다른 그림자들과 약간의 거리를 두고 누웠다는 것 정도였다. 단서라고 하기에는 너무 평범한 것들이었다. 나는 내가 나를 누구보다 잘 알고 있으며 한눈에 내 그림자를 알아볼 수 있을 것이라고 생각했었다. 그러나 반듯하게 누운 그림자는 너무 많았고 나와 비슷한 신체 사이즈를 가진 그림자도 너무 많았다.

내가 지쳐갈 즈음, 나는 그림자의 목소리를 들었다.

"고마워."

목소리는 내 왼편에서 들려왔다. 왼편으로 몸을 돌리자 발아래 눈에 익은 그림자가 누워 있었다. 나는 느낄 수 있었다. 그림자가 나를 기다리고 있었다는 것을.

몇 달 사이 내 그림자 위에는 얼음이 두껍게 쌓여 있었다. 얼음을 깨고 그림자를 파내고 싶었지만 아무리 발로 밟고 그 위에서 뛰어도 얼음에 금조차 가지 않았다. 결국 나는 얼음 표면을 손으로 대충 쓸어내고는 그림자 위에 반듯하게 누웠다. 등이 차가웠다. 하지만 내 그림자를 잃고 시렸던 마음만큼은 아니었다. 나는 온몸이 점점 차가워지는 것을 느꼈다. 한기는 등에서 다리로, 팔로, 그리고 머리로 퍼졌다. 이대로 얼어죽을 지도 모른다는 생각이 들었지만 이상하게 마음만은 편안했다. 나는 눈을 감고 점점 몸 깊숙하게 퍼지는 한기를 느꼈다. 내 체온 때문에 등쪽의 얼음이 조금씩 녹아내렸다. 나는 몸이 천천히 아래로 가라앉는 걸 느꼈다. 아마 곧 내 그림자가 있는 곳까지 도달할 것이다. 추위 때문인지 눈이 저절로 감겼다.

임하곤

시네필
능력 대결

예술 영화광이라는 내 이미지를 지키려면, 그래도 평균 이상으로는 지식을 쌓아둘 필요가 있었다.

그 모든 계산을 마치고, 나는 깊게 고개를 한 번 끄덕였다. 나와 형훈이의 자존심을 건 시네필 능력 대결은 그렇게 선포되었다.

요새는 덕질도 스펙이란다. 젊은 날, 뭐 하나에 미쳐 보라고, 엄마 아빠는 그런 거 응원한다고. 그들이 원하는 덕질이라야 빤하다. 어느 날 정신을 차려 보니, 자기 자식이 로봇 박사가 되어 있기를. 미디어 어쩌고 하는 상패 두 개쯤 들고 오기를 내심 바라는 거다. 우리가 자발적으로 심취해 파고들면, '그 비싼 학원비'마저 안 들 테니까.

실제로 그렇게 열정적으로 사는 애들이라야 별로 많지 않다. 가끔 열렬한 바람이 생길 때도 있지만, 보통 길게 이어지진 않는다. 예컨대 점심 종이 쳤는데도 선생님이 수업을 안 끝내실 거 같다거나, 정말로 5분 넘게 그러고 계실 때 정도? 내 경우는 그마저도 흥이다. 맨날 먹는 급식, 조금 더 빨리 먹는다고 딱히 보람이 생기는 것도 아니고.

물론 어디에나 예외는 있는 법이다. 최근에 교실에서 자리를 한 번 바꿨는데, 내 뒷자리는 유빈이가 됐다. 그 뒤론 내게 수시로 말을 걸어왔다. 나는 뭐라더라. 표정이 착하다나? 덕분에 요 며칠 반강제적으로 유빈이를 관찰하게 됐다. 그 결과는 생각보다도 놀라웠다. 그러니까 유빈이는 '진짜'다. 다른 애들은 몰라도 유빈이만큼은, 가히 깊은 덕후라고 인정할 만했다.

"어제 '며느리가 아니라 시어머니입니다만' 봤어? 대박이지! 결혼 허락 받으려고 상견례 가는데, 자기 며느릿감인 줄 알았던 여주가 딱. 어, 이게 왜 이해가 안 되지? 그러니까 워낙에 한참 연상녀에 아들도 하나 있었던 거지. 아니, 이미 이혼한 상태니까 결혼을 하려던 거지. 웃긴다, 너. 하하하."

관심 분야는 드라마뿐만이 아니었다.

"이 배우들 '조깅맨'에도 나온대. 그 대사, '시집살이는 독해야 약이 된다고 하셨죠, 본인 입으로?' 그것도 직접 재연해준다고 예고편에 나왔어."

주말 드라마에 예능, 그것도 유튜브 쇼츠가 아니라 본방송에만 나오는 디테일까지. 유빈이가 모르는 TV프로란 없었다. 게다가 드라마 속 대사를 직접 따라 해주기까지 하다니. 나라면 돈을 줘도 못 할 텐데. 문득 저건 진짜 사랑이라는 생각이 들었다. 심지어 유빈이의 성대모사 실력은 정말 형편없었고, 바로 그 점이 언제나 반의 분위기를 살렸다.

물론, 가끔 불편한 순간은 있었다.

"세찬아, 너는 드라마 안 봐?"

이렇게 유빈이가 갑자기 날 제 친구들과의 대화 속으로 끌어들일 때.

"아니, 나는 그냥⋯."

뭐라 대답할 줄 몰라 우물쭈물하는 나를 대신해 반 아이들이 나섰다. "쟤야 학원 다니느라 바쁘겠지"라거나, "방해하지 말자, 우리"라며. 하지만 그들의 말리는 말에도 유빈이는 물러서지 않았다.

"그래? 그럼 뭐 좋아하는데?"

"뭐, 영화도 좋고⋯."

"영화 어떤 거?"

그쯤 되면 모든 반 아이들의 시선이 우리에게 쏠렸다. 여자애들뿐만 아니라, 남자애들까지도. 나야, 수업 시간에 발표할 때 말고는 결코 입을 여는 애가 아니었기 때문이다. 남자애들이라면 으레 참여한다는 PC방이라든가 점심시간 축구도 나는 결코 함께한 적 없었다. 으으, 이런 순간엔 정말 어디서 변장술이라도 배워오고 싶었다. 물론, 결코 그속을 티 낼 수는 없었다.

"역시 미장센이 좀 살아 있는 작품이 좋지? 그런 의미에선 역시 누벨 바그인데. 레오 카락스라든가…. 음악은 역시 한스 짐머고. 특히, 그 '퍼니 게임'의 리모컨 장면은, 아. 정말 영화계의 역사를 바꿔 놨다고 생각해."

곧 아이들의 눈에는 여러 개의 물음표가 피어올랐다. 허, 질린다는 듯 한숨을 내뱉는 남자애도 보였다. 어디까지나 예상했던 반응들이었다. 그래, 이대로 거리감을 좀 벌이고 나는 다시 내 내면의 세계에 집중해야지. 내가 막 안도의 숨을 내쉬려던 그때. 뜻밖에 반응이 유빈이에게서 튀어나왔다.

"와, 하나도 모르겠네."

"좀 마이너했지?"

"진짜 멋지다, 너!"

멋지다고? 나는 그런 유빈이를 돌아봤다. 꼭 소처럼 동그랗게 커진 눈에 잔뜩 승천한 눈썹. 분명 잔뜩 상기된 얼굴이었다. 그렇다고 놀리는 거 같지는 않았다. 그러니까 어쩌면 이 순간에마저도 유빈이는 분명 진짜, 진심이었던 것 같다.

+ + +

"너는 참 목소리 안 뺏긴 인어공주 같아."

"뭐라고?"

"내가 장세찬이다, 인어공주다. 말하면 될 걸, 죽자고 묵언수행하고 있달까. 이렇게 말 걸어주면 곧잘 대답할 거면서. 아니지, 참. 말을 할 수 있으면 애초에 그건 인어공주가 아니었던 건가?"

처음 말을 걸어줬을 때부터 느꼈지만, 유빈이는 참 이상한 단어의 조합으로 말을 만드는 재주가 있었다. 어쩌면 말이 워낙 많아, 자꾸 내뱉다 보면 그 의미가 서로 들어맞게 되는지도 몰랐다. 그런 유빈이가 나도 물론 싫지 않았다.

"내가 외동이라 숫기가 없나 봐. 넌 형제자매 있어?"

"그냥, 3남매 중 첫째. 아, 맞다. 너 이번 주 '조깅맨' 봤어?"

유빈이는 유독 제 가족 이야기는 잘 하려 하지 않았다. 하지만 뭐 어쩌하랴. 어차피 유빈이가 내뱉는 온갖 이야기 중엔 그보다 훨씬 재미있는 게 많았으니까. 나야 워낙에 TV를 많이 보진 않았지만, 유빈이 설명만 들어도 딱히 이를 챙겨볼 필요가 사라질 정도였다.

"그 여배우 성대모사 오히려 남자 아이돌들이 더 앙칼지게 하더라? 너무 웃겨."

이런 이야기들엔 괜히 뜨끔하게도 됐다.

"그다음엔 짝 게임을 했거든. 근데 여자 패널이 부족해서 남남 커플 하나 있어야 했던 거. 풉. 근데 하필 그 성대모사 상대역 했던 개그맨이랑 아이돌이 커플 돼서 한 번 더 대폭소 터지고."

하지만 내가 티를 안 내니 유빈이의 말은 끊길 줄을 몰랐다. 공교롭게도 우리 두 사람의 말이 겹쳤다.

"역시 난 일차원적인 게임보다는…."

"진짜 토 나오지 않냐?"

곧 우리의 시선이 서로에게 엉켰다. 설마 내 눈빛에 다 티 났나? 괜히 얼굴이 뜨거워, 나는 오히려 더 빠르게 말했다.

"게임은 역시 미카엘 하네케 감독의 '퍼니 게임'이지. 내가 말 했었나? 리모컨 장면이라고…."

그리고 이런 식의 대화 양상은 그 후로도 계속 반복되었다. 나는 남남 커플이니, 커밍아웃한 모 연예인이니 하는 이야기가 나올 때마다 자꾸 외국 영화 쪽으로 화제를 돌렸다. 역시 예능은 자극적이라느니, 내 취향은 좀 더 지적인 실험 쪽이라느니. 그때마다 핑계도 다양했다.

솔직히 몇 번은 없는 영화의 이름도 지어냈다. 하지만 무슨 상관이란 말인가? 어차피 유빈이는 내가 그런 이야기를 꺼내면 조용히 입을 다물곤 했는데. 나는 결코 탄로 나지는 않으리라 자만했지만, 괜히 기분이 찜찜해지곤 했다.

한편, 유빈이도 나름대로 부아가 치밀었던 듯했다. 사실 거기엔 유빈이 본인 잘못도 있었다. 그러기에 왜 끈질기게 그쪽 화제를 꺼내는지. 덕분에 우리의 묘한 신경전의 전적이 쌓여가고 있었다. 결국 먼저 폭발한 건 그녀 쪽이었다.

"너 말 진짜 이상하게 한다. 나 같은 일반인은 모를 거라고?"

"아니, 내 취향이 워낙 마이너하니까…."

"그럼 너는 뭐 연예인이냐?"

멈칫, 돌아보는 나를 유빈이는 꼭 공격을 앞둔 맹수처럼 노려보고 있었다.

"그게 진짜 다 너 취향이긴 하고? 그렇잖아. 너 말대로 학원에 과외에 잠잘 시간도 없는 애가, 무슨 영화를 찾아볼 시간이 있어? 네가 말한 영화들 나도 궁금해서 검색해봤어. 몇 개 빼고는 전체관람가도 아니더라. 그럼 그걸 다 초등학생 때 봤다는 소리야?"

이상하게 몸이 부들부들 떨렸다.

"나를 거짓말쟁이로 모는 거니?"

"내기해 보던가!"

"왜 소리를 질러? 너 이럴 때 보면 진짜 무식한 폭군 같아."

"야, 뭐라고 했냐?"

뭐라고 말했든, 날 어쩌려고? 게다가 내기라니. 정말 유빈이 얘는 끝까지 유치했다. 나는 더는 대답하지 않고, 그대로 교실 문을 박차고 나왔다. 어차피 유빈가 지적한 대로 정말 학원에 가야 할 시간이기도 했으니까. 게다가 지금 유빈이의 눈에는 정말 절대왕정 시대 폭군처럼 검은 불이 들어와 있었다. 더 큰 싸움으로 번지면, 절대 내가 이길 자신이 없었다.

게다가 내가 장소를 피하는 진짜 이유는 따로 있었다. 더 이상 내 영화 상식에 대해 왈가왈부하고 싶지 않았기 때문이다. 왜냐하면 나는 실제로 그 영화들을 '본 적'은 없었으니까.

그래도 제목은 알고 있으니, 지식이 얕다고만 해두자. 그까짓 영화 보면 또 내가 술술 다 볼 수 있었다. 아직은 볼 시간이 없었을 뿐이지.

당장에 오늘 밤에 한 편 보지 뭐. 어쩌면 그 '퍼니 게임'

부터. 사실 뭐부터 보든 큰 상관은 없었다. 내가 이름을 지어낸 영화 외에도, 딱히 내가 실제 관람한 영화가 없긴 했으니까. 그러니까, 단 한 편도 말이다.

+ + +

그날 이후로 우리는 절교 비슷한 상태가 됐다. 유빈이는 언제나처럼 다른 아이들과 TV 프로그램에 관해 왁자지껄 떠들었다. 어쩌면 나 들으라고 더 그러는지도 몰랐다.

그래도 거기까지라면 어떻게든 참아 볼 텐데. 유빈이와 싸우고 나니 전에는 들리지 않던 이야기까지 귀에 들어오기 시작했다. 바로 유빈이가 없을 때 유빈이 친구들이 하는 유빈이의 뒷담화였다. 아마 다른 애들은 이제 내가 들어도 상관없다고들 생각해서 말하는 거겠지.

"유빈이 쟤, 오늘도 교복 블라우스 안 바뀐 거 봤지?"

"목깃 뒷부분에 때가 새카맣더라. 쟤네 부모님은 신경도 안 쓰이나."

"몰랐어? 쟤랑 같은 초등학교 나온 친구한테 들었는데,

부모님 없다고."

"어머, 짠하다. 괜히 더 씩씩한 척하는 거 같고 그러네?"

물론 정말 유빈이의 처지를 걱정해서 하는 말이라면 저렇게 뒤에서 할 리는 없었다. 으으, 유빈이한테 관심도 분노도 없었을 때는 아예 들리지도 않았던 말들이었는데. 괜히 머릿속이 복잡하고 학원 숙제에도 집중이 안 됐다. 이어폰이라도 있으면 좋으련만. 수능 시험장에서도 음악 들으며 문제 풀 수 있을까, 부모님의 이상한 철학 덕에 이어폰은 금지된 지 오래였다.

결국 혼자 인내하고 귀 기울이기를 반복하던 중, 화장실에 갔던 유빈이가 돌아왔다. 가장 참을 수 없는 장면은 그때부터 펼쳐졌다. 하필 교실 앞에서 떠들어서 그 꼴이 다 보였다.

"어디까지 얘기했더라? 맞지, '음악로켓'. 이번 지구보이즈 무대 봤어? 코디가 작정하셨더라. 어떻게 올블랙에 투명 비즈로 포인트를 주셨어? 딱 우주 속에 은하수 같고요."

한 아이가 물었다.

"직캠을 본 거야?"

"직캠도 보고. 야. 당연히 팬이면 본방도 시청해줘야지."

순간 서로 겹치는 다른 아이들의 시선. 물론 유빈이는 제 이야기에 너무 빠져 그 모습을 못 봤다.

어떻게 저걸 모를 수가 있지? 딱 봐도 자길 놀리고 있는 거잖아. 그 무감각한 모습에, 안타깝다기보다도 진심으로 화가 났다. 저런 애들도 친구라고. 제 마음을 왜 숨기는 거 없이 떠들지? 바보같이. 그건 저 애들한테뿐 아니라 반 안의 다른 아이들에게도 얕보이는 짓이었다. 그 아이들도 유빈이의 일행이 좀 전까지 유빈이를 뒤에서 욕했다는 사실을 알고 있었으니까.

결국 내가 자리에서 일어났다.

"조용히 좀 해 줄래?"

"톱스타가 웬일로?"

그 사건 이후로 유빈이는 나를 그렇게 불렀다. 덩달아 나의 언성도 좀 높아졌다.

"같이 쓰는 공간이야. 그리고 뭐 얼마나 유익한 이야기라고."

"어휴, 자칭 고급 영화광께서는…."

"보통 애들은 그래도 학원 한두 개씩 다니느라 너처럼 TV만 내리 못 봐. 쟤네도 유튜브 클립 정도야 보겠지만 저녁 드라마에, 실시간 음악방송, 미니시리즈랑 야간 예능 프로까지 다 챙겨 보진 못한다고. 말해봐, 나만 별종이니?"

내 어조는 차갑고 날카롭게 굳어 있었다. 괜히 소심한 속을 들키고 싶지 않아 고안해낸 수업 시간의 발표용 목소리였다. 유빈이는 아랑곳하지 않았다.

"뭐래? 적어도 난 내 진짜 취향을 공유할 친구들은 있거든?"

"내기해."

순간 내게서 그런 말이 튀어나왔다.

"내가 진짜인지 아닌지, 네 말대로 내기해 보자고."

내기를 어떤 식으로 진행하자는 것인지도 모르면서. 유빈이는 나를 바라보던 자세를 한결 침착하게 고쳤다.

"조건은?"

"이번 학기 동안 수다는 복도로 나가서 떨어줘."

나를 잠자코 바라보던 유빈이는 이내 고개를 끄덕였다.

"좋아. 대신 내가 이기면 공개적으로 사과해."

도대체 뭐를? 바라보는 나에게 유빈이가 말했다.

"나보고 무식한 폭군이라고 말한 거, 사과하라고."

대단한 쌍욕도 아니고. 그게 뭐 대수라고. 한편으론 유빈이의 조건이 훨씬 약소한 거 아닌가 싶었지만, 더 이상 상관하지 않았다. 어차피 그건 유빈이의 손해지 내 손해가 아니었으니까.

한편으론 내가 이길 거란 자신도 있었다. 어떤 방식이든 시험이라면 유빈이보다 내 결과가 항상 좋았으니까. 그러니 이제는 나 자신과의 싸움이었다. 예술 영화광이라는 내 이미지를 지키려면, 그래도 평균 이상으로는 지식을 쌓아둘 필요가 있었다. '시네필'이라고, 프랑스 사람들은 영화에 특히 박식한 사람을 부르는 말도 있다고 했다.

그 모든 계산을 마치고, 나는 깊게 고개를 한 번 끄덕였다. 나와 유빈이의 자존심을 건 시네필 능력 대결은 그렇게 선포되었다.

✦ ✦ ✦

　본격적인 내기는 그날로부터 2주 후, 방과 후의 교실에서 치러지기로 했다. 뜻밖에 우리 대결에 다른 여자아이들이 큰 관심을 가졌다. 남자애들은 하필 그날 반 대항전 축구를 뛴다고 했다. 분명 그중에도 이 대결에 관심을 보이는 애들이 있었건만. 이제 그들은 이 내기 자체를 '여자아이들의 쓸데없는 소란'쯤으로 취급했다. 걔네에겐 자기와 다른 것들을 가짜 취급하는 능력이 있었다.

　아무튼 반의 절반에 해당하는 아이들의 지대한 관심 속에 내기의 규칙은 착착 갖춰져 갔다. 구체적인 진행 방식은 장수 프로그램 '도전 골든벨'의 방식을 따르기로 했다. 다만, 이 경우 참가자는 나와 유빈이, 단 두 명뿐이었다. 따로 탈락자는 없고, 마지막에 각자가 적어 올린 정답 수를 합산해 승자를 가른다고 했다.

　굳이 유빈이까지 제 영화 상식을 시험받을 필요는 없었을 텐데. 하지만 예상과 다르게 유빈이도 이 규칙에 동의했다. 내가 분명 영화에는 일자무식일 거라는 이유에서였다.

자기가 지금부터 공부해도 나는 이길 수 있을 거라나.

흥. 그 지겨운 거짓말쟁이 취급도 이제 끝이었다. 선후가 좀 바뀌었다 뿐이지, 이대로 2주 후면 난 진짜 영화 덕후가 되어 있을 테니까. 하면 또 한다고. 그렇게 자신했건만….

한밤중. 이불 속에서 핸드폰 볼륨을 최소로 낮춰 놓은 채. 나는 바로 그 '퍼니 게임'을 보던 중이었다. 저게 바로 내가 주워들었던 리모컨 장면인가? 액정에 내가 천천히 다가가던 바로 그 순간.

"으아악!"

두두두두 난사되는 총 세례에 저절로 비명이 샜다. 순간적으로 퍼지는 유혈 효과가 꼭 내 얼굴에까지 튀기는 듯했기 때문이다. 아차 하는 생각이 스친 건, 이미 엄마가 내 방문을 열어보신 후였다.

"무슨 일이야?"

"아, 악몽을 꿔서요."

방에 불은 이미 끈 채, 영화는 핸드폰으로 보고 있었기에 망정이지. 자칫했으면 그런 핑곗거리조차 안 통할 뻔했다.

"얼른 자야지. 내일은 영어 학원 보강도 있다며."

다행히 엄마도 내 말을 믿어 주는 눈치였다. 평소였다면 학원 일정에 유독 깐깐하신 데 서운함을 느낄 만도 했건만, 지금은 그저 다행이었다. 엄마가 다시 나가신 뒤에는 황급히 영화를 끄고 핸드폰을 집어 던졌다. 아니, 다시 들어 올려 '시청했던 목록'을 복원했다. 이 OTT 서비스에서 아빠가 예전에 보셨던 영화들부터 차근차근 역순으로, '퍼니 게임'이 그 목록에서 사라질 때까지. 내가 아빠 비밀번호를 아는 걸 들키면, 이런 벼락치기마저 어려워졌기 때문이다.

"후."

모든 작업을 마치고는 저절로 한숨이 흘렀다. 도대체 이런 영화를 무슨 수로 더 본단 말인가? 아니, 애초에 이딴 게 왜 예술이라고. 사람들도 참 이상했다. 무섭고 놀라는 거에 유난히 취약한 나였다. 이런 식이라면 앞으로의 영화 공부에도 난항을 겪을 듯싶었다.

그날은 '퍼니 게임'의 영화 정보만을 겨우 찾아본 뒤 잠들었다. 그 후엔 정말 악몽을 꾸었는데, 차마 비명도 나오지 않고 끙끙 앓게 되는 꿈이었다.

다음 날 등교했을 때, 나는 뜻밖에 '내 세력'이 생겼다는 사실을 깨달았다. 정확하게는 유빈이에게 반대하는 세력들이었다.

"세찬아, 영화 대결 당연히 문제없지? 이것 좀 마셔가면서 해."

"유빈이 쟤가 워낙 시끄러웠어야지. 난 말이야, 반의 소음에 반대해 싸우는 거 아주 민주적인 일이라 생각한다?"

한편, 유빈이 쪽에도 비슷한 수의 세력이 붙어 있었다.

"세찬이 쟤 은근 오만하고 의뭉스럽다니까?"

"이참에 확 기를 꺾어 줘. 덕분에 쟤 성적도 좀 타격받으면 좋…. 크흠, 방금 건 농담."

보니까 저쪽도 내 반대 세력이라고 말하는 편이 더 적절했다. 항상 나 때문에 반 석차가 밀리던 애부터, 저번에 학원 정보 안 알려줬다고 마음 상했던 애까지. 워낙 나와 사이가 좋지 않던 애들이 주류를 이뤘기 때문이다.

세력이 갈린 데에는 저희끼리의 이유도 있었던 듯했다. 쟤가 얘를 뒤에서 험담해서, 얘가 쟤 비밀을 까발렸다느니. 그래서 걔는 얘를 열심히 위로했는데, 알고 보니 얘가 걔네 친오빠랑 사귀는 중이었고 그 후론 절연이라느니. 쉬는 시간에 찾아와 떠드는 이야기만 들어봐도 각자의 사정이 복잡했기 때문이다.

하지만 그들 모두 유빈이를 뒤에서 욕했단 사실만큼은 서로 비밀로 해 주고 있었다. 과연 유빈이는 무섭단 건가? 애초에 쟤들이 왜 우리 싸움에 이렇게 관심을 가지는지 알 수 없었다. 나는 그들이 건넨 초코 우유를 엉겁결에 받았으나, 조용히 책상 서랍에 넣어만 놨다. 그 자리에서 자신 있게 까 마시기에는 아직 대결에서 이길 준비가 하나도 되어 있지 않았다.

✦ ✦ ✦

영화 대결을 준비한 지 일주일째. 없는 시간을 쪼개 영화를 보느라 머리가 핑핑 돌았다. 그나마 로맨틱 코미디 쪽은 취향에 맞아 시작 방향을 그쪽으로 잡았다. 아, 그래도 분홍색 털 깃펜을 까딱거리며, 자길 무시하던 하버드생들 코를 납작하게 해주는 '금발이 너무해'는 엄청 재미있던데. 하지만 내가 표방한 이미지에는 맞지 않는다는 생각에 그쪽

장르의 시청은 점점 지양했다.

게다가 한 편씩 느긋이 본다면 다 어느 정도 재미있는 영화들이련만. 한 번에 몰아보려다 보니 머리가 터질 것 같았다. 이 영화가 그 영화 같고, 이 내용이 저 내용에 섞였다. 새삼 각 방송사의 드라마를 동시에 챙겨보며 그 줄거리를 정확히 기억하는 유빈이가 대단하다고도 느꼈다.

흥. 아니야, 마음 약하게 먹지 말자. 쟤는 단지 익숙한 거뿐이고. 나도 좀만 보다 보면 국사 공부하듯 중요 영화의 연대와 요점들이 일목요연하게 정리되리라.

한 가지 아쉬운 점은 나는 학교 쉬는 시간에도 영화를 보기가 좀 애매하다는 사실이었다. 내가 정해놓은 설정상, 나는 이미 영화에 대해 해박한 상태였으니까. 고작 유빈이와 내기한다고 학교에서 부리나케 영화를 찾아보는 모습을 보일 순 없었다. 한편 유빈이는? 조회 시간부터 하교 시간까지 무섭도록 핸드폰 속 영화에 집중해 있었다. 우리 반의 쉬는 시간이 놀랍도록 고요해졌다. 심지어 수업 시간에도.

"어휴, 차유빈. 덕질 범위가 그새 늘었니?"

선생님들은 다른 애들이 딴짓하다 들켰을 때와는 또 다

른 반응을 보이셨다. 유빈이었으니까. 아마 선생님들도 유빈이는 자기들이 완전히 말릴 수는 없는 '진짜'임을 알고 계셨으리라.

한번은 정수기에 물을 뜨러 가는 척, 몰래 유빈이가 보는 화면을 엿본 일이 있었다. 화면 속에선 막 레이첼 맥아담스가 남자 주인공과 함께 나룻배를 타는 장면이 나오고 있었다. 물 위에 물 반 오리 반이라고 할 정도로 하얀 오리 떼가 가득했다.

아, 저거 분명 나도 봤던 건데. 배우는 분명 레이첼인데, 제목이 뭐였더라. 졸졸, 영화의 정체를 가늠하는 동안 내 텀블러의 수면은 착실히 차오르고 있었다. '퀸카로 살아남는 법'인가? 아니야, 그건 다른 갈색 머리 남자랑 갈색 머리 여자가 잘되는 이야기였는데. 혹시 '어바웃 타임'? 이젠 영화 속에서도 돌연한 소나기가 쏟아졌다. 거봐, 비 오면 '어바웃 타임'이라고 정리해 놨다고.

하지만 여전히 찜찜했다. 매 영화에서 동안 외모를 유지하시는 배우님의 노력에 심심한 원망까지 들던 바로 순간. 결국 텀블러의 물이 넘치고 말았다.

"어머, 물줄기가 왜 이래?"

괜히 민망해 정수기 탓을 했다. 하지만 이어폰을 낀 유빈이의 귀에는 아예 이 소동 자체가 닿지 않은 듯했다. 다시 자리로 돌아가며 그 애의 안색을 살폈다. 그런데 세상에….

유빈이는 줄줄 울고 있었다. 내가 자기 근처로 지나가는 줄도 모르고, 완전히 영화에 집중한 채. 순간 이상하게 온몸에 힘이 풀렸다. 그래, 내가 저걸 어떻게 이겨. 나는 억지로 보는 걸 쟤는 몰입해서 저렇게 감동까지 하고 있는데. 노력하는 자는 결코 즐기는 자를 이길 수 없다고 했나? 오래된 명언의 무게가 새삼 내 머리를 짓눌렀다.

자리에 앉아선 나 역시 황급히 핸드폰을 꺼냈다. 등 뒤로 액정이 넘겨다 보이지 않게 신경 쓰며. 배우명을 검색해 각 출연작의 스틸컷들까지 확인하고 나서야 영화의 제목은 '노트북'이었음을 깨달았다. 알고 보니 내가 봤던 영화도 아니었다.

아이, 저 영화는 시대 배경에 맞지 않게 왜 또 제목은 노트북이고 난리야. 마침 영화 관람 후기에는 꼭 나 같은 사람들을 겨냥한 설명조의 댓글이 달려 있었다. 미국에선 노트북을 '랩탑(laptop)'이라고 부르며, 제목의 노트북은 실제 노트 필기를 하는 남자 주인공의 그 공책을 의미하는 거라나 뭐라나.

하지만 영화 정보에도 혹은 나의 절망감에도 계속 집중하고 있을 순 없었다. 다른 어떤 중압감보다도 내 눈꺼풀이 가장 무겁게 느껴졌으니까. 사람은 3일만 잠을 못 자도 땅과 구름 위를 구분 못 한다고 했던가? 그런데 내리 1주일을 취향에도 맞지 않은 영화를 틀어놓은 채 자는 둥 마는 둥 했으니. 자꾸 초점이 풀리고, 책상이 이마를 마중 나왔다.

점심까지 먹고 나자 수업을 들을 정신도 사라졌다. 결국 점심시간이 끝나기 전에 급하게 찬물로 세수하고 왔다.

"어머? 남자애가 남자애랑?"

반에 들어오자 아이들 몇 명이 모여 웃고 있었다. 우연의 일치인지, 내가 들어오자 웃음소리는 뚝 끊겼다.

"오, 세찬이 세수했네? 토너 빌려줄까?"

곧 그중 한 명이 해사하게 웃으며 나를 반겼다. 걔네는 나와 유빈이의 내기가 선포된 이후로 공식적으로 내 쪽에 붙은 아이들이었으니까.

"어, 됐어."

하지만 나는 떨떠름하게 반응할 수밖에 없었다. 다른 건 다 불확실하다고 해도, 남자애가 어쩌고 하는 얘기만큼은 분명하게 들었기 때문이다.

그날 하교할 때쯤이 되자 그 무리의 아이들은 어느새 유빈이네 세력에 붙어 있었다. 영화에 눈을 두고 있는 유빈이를 붙잡고 굳이 뭐라 소곤대고 있었다.

참나, 내가 아니라 자기들이 내 기분을 다 망쳐 놓은 거면서. 하지만 까놓고 뭐라 말할 수 있을까? 세상엔 그런 남자들도 있는 법이라고, 너희 참 편견이 심하다고. 꼭 남 얘기하듯이? 장담컨대 나는 그 정도로 뻔뻔할 수 없었다. 중간중간 고개를 들어 나를 노려보는 그 눈빛들을, 오히려 내가 피하게 됐다.

어느새 몸이 다시 떨려왔다. 내게는 익숙한 감각이었다. 뭔가 들켜버릴 것만 같은 불안감이 엄습했다. 사실 나를 입 다물게 만드는 건 쟤들의 저런 태도인데. 내가 사실대로 다 말한대도 저쪽에서 받아주지 않을 텐데. 역으로 내가 오롯이 내 선택으로 무언가 대단한 것을 숨기고 있는 듯한 엄청

난 죄책감마저 느껴졌다.

우리 반 공식 재수탱이에 학원 덕에 성적은 상위권. 그래서 보통 남자애들처럼 PC방이고 축구고 참여할 시간이 없고, 그 성격에 딱 어울리게도 아는 대중매체라고는 외국의 영화밖에 없는. 내가 만든 나의 그 완벽한 이미지가 실은 가짜라고 들통나는 순간이 자꾸, 자꾸 그려졌다.

평소보다 황급히 가방을 챙겼다. 그 결에 책상 서랍 깊숙이 처박혀 있던 무언가도 함께 딸려 나왔다. 이미 유통기한이 한참 지나버린 초코 우유 팩이었다.

그날 방과 후, 화장실에서. 복도 쪽에선 더 이상 아이들 떠드는 소리가 들리지 않게 되자, 나는 조용히 앉아 있던 변기 뚜껑을 열었다. 그 위로 주둥이를 완전히 연 초코 우유팩을 기울였다. 툭, 투둑. 곧 덩어리마저 진 내용물이 띄엄띄엄 떨어져 내렸다. 장소가 화장실인 걸 고려해도 결코 용서될 수 없는 악취였다.

그렇게 나 대신 토하고 있는 상한 음료를 보며, 나는 다짐했다. 진짜 정신 차리자고. 이대로 유빈이와의 내기에서 져서 내가 반의 공식적인 거짓말쟁이가 된다면? 이대로 나는 말을 꺼낼 힘을 점점 잃게 되고, 오히려 다른 애들의 화제로만 자꾸 언급된다면? 혹시 내가 그렇고 그런 애라고 학교에 소문이라도 난다면?

순간 그런 생각이 들었다. 쟤들이 우리의 대결에 그렇게 관심을 가지는 건 그저 심심하기 때문이라고. 그러니까, 그 무료함 앞에 자꾸 먹이를 던져 줘서는 안 된다고.

청승은 여기까지여야만 했다. 꾸르륵. 마르지 않는 눈물 샘 대신 재빨리 변기 안의 물을 흘려보냈다.

+ + +

영화의 바다는 그 나이만큼 깊다. 그 어두운 속을 헤쳐 나가는 내 손에는 얇은 물갈퀴조차 없다. 그래도 방향을 잡았다고 생각한 나는 곧 조류에 휩쓸리고 만다. 이쪽이 저쪽 같고, 다시 저쪽은 그쪽 같은데 믿고 나아갈 불빛 하나 없다. 나는 수영한다기보다는 차라리 침전한다. 그 수심에도 끝이 있다면, 이대로 등을 붙이고 잠들면 좋겠다.

하지만 눈을 떠 보면 나는 다시 학원. 학년을 두 단계 뛴

선행학습에 몽롱했던 정신이 다시 반짝하고 뜨인다. 요즘 세상에도 몰래 매질하는 학원이다. 여전히 미지로 남은 X값과 Y값의 개수에 맞춰서. 광개토 대왕의 업적을 그 아들의 그것과 헷갈린 횟수에 따라서. 그러니까 정말 요즘 세상에도. 우리 부모님이 많이 미안해하지만, 동시에 적당히 안도도 할 만큼만.

따끈한 손바닥으로 나는 다시 영화 화면을 쥔다. 10대 영화 속엔 유난히 '호모(fagot)'라는 단어가 자주 등장한다. 범죄 영화 속 악당은 종종 립스틱을 바르고 하이힐을 신는 남자들이다. 그들의 새된 목소리는 꼭 내 것만큼 높다. 하지만 은은한 공감과 수치를 동시에 느낄 때쯤 그들은 꼭 처벌당하고 만다. 때로는 죽고 최소한 슬러시 범벅이 된다. 그 모습이 만천하에 공개된다.

하지만 이 모든 과정이 끔찍하다기보다는 몽롱하다. 잠이 절대적으로 부족하다. 눈을 뜨고 있는 순간에도 안구는 꼭 물에 잠긴 듯 뻑뻑하다. 나를 지켜보는 아이들의 시선이 덩달아 하찮아진다. 하지만 내가 자각하지 못하는 순간에마저, 거기엔 날 지켜보는 시선이 있다는 사실이. 때로는 몸서리쳐질 만큼 직접적이다.

영화에는 분명 좋은 구석들도 있다. 야광빛을 내는 심해 어들처럼 어떤 장면들을 내게 유유히 헤엄쳐와 은은히 반짝인다. 금빛 머리를 한 남자 주인공이 햇살 같은 미소를 지을 때. 학원 수천 개가 들어서도 여유로울 듯 광활한 벌판이 펼쳐질 때. 누가 누군가를 지키고, 다시 누군가는 누구를 위해 희생도 마다하지 않을 때. 결국 그 어떤 피치 못할 폭력도 존재하지 않는 세상에 도달했을 때.

그러니까 어쩌면 저 퀴어 인물이 죽음을 택하는 데에도 나름의 이유가 있는지 모르겠다. 하지만 그 모든 사정을 이해하기가 나에겐 벅차다. 무엇보다 나는 지금 너무 졸리니까. 아까 나를 들뜨게 했던 금발의 배우가, 이제는 나처럼 체구가 작은 동양인 조연에게 슬러시를 뿌려댄다. 미처 설렘과 상처를 분간할 틈도 없다.

그러니 잘하면 나도 영화를 좋아하게 될는지도 모른다. 문과생에겐 어쨌든 콘텐츠에 대한 이해가 두루두루 중요하다 하니까. 어쩌면 어린 시절부터 다양한 이야기를 접하는 게 나중에 수능 국어에도 다 도움이 될지 모르지. 하지만 나는 동시에 예감한다. 설령 내가 진짜 영화 덕후가 된다고 해도, 그건 꼭 부모님이 원하는 때에 원하는 방식대로는 아닐 거라고. 좋아해도 그런 식으로 좋아할 순 없다고.

✦ ✦ ✦

대결 날은 이상하게 아침이 고요했다. 옆집 비글도 그날따라 짖지 않았고, 대접에 떨어지는 시리얼도 희한하게 서로 결을 맞췄다. 그날 수업 시간이 어떻게 지나갔는지 모르겠다. 모든 목소리가 그저 백색소음처럼 들렸고, 머릿속으론 그저 영화 제목들을 되새겼다. '멀홀랜드 드라이브', '화양연화', '데어 윌 비 블러드', '센과 치히로의 행방불명' 그리고 '보이후드'…. 영국의 어떤 방송사가 꼽았다는 죽기 전에 꼭 보아야 할 명작들의 리스트였다.

방과 후가 되자, 아이들은 너도나도 나서서 대결의 대형을 갖췄다. 책상을 교실 사방으로 밀고, 출제자가 서 있을 교탁 뒤쪽만은 비워 놨다. 교실 양쪽의 바닥엔 누군가 진짜 화이트보드도 준비해 놨다. 교탁을 중심으로 그 왼편엔 나의 세력이, 오른편엔 유빈이의 세력이 둘러앉아 있었기에 나 역시 내 자리를 짐작할 수 있었다.

초여름이라도 교실의 맨바닥은 찼다. 덕분이었을까, 이제 더는 몽롱하지 않았다. 오히려 살면서 이토록 깨어 있어본 적이 없었다. 대결의 시작을 알리는 우레와 같은 박수 소리. 어디서 본 건 있는지, 사회자가 우선 각자의 출전 소감을 물었다.

유빈이가 단단한 목소리로 말했다.

"사과, 꼭 받아내고 말겠습니다."

반면 나의 목소리는 차라리 온화했다.

"이젠 정말 나 자신과의 싸움이에요. 진심으로요."

이젠 어떤 경쟁의 논리는 초월한 것처럼 느껴졌다. 분명 그랬건만….

"영국의 동화작가 다이애나 윈 존스의 동명 소설을 애니메이션화한 작품으로 마녀의 저주로 나이가 드는 저주에 걸린 소녀의 모험담입니다. 지브리의 거장 미야자키 하야오의 대표작 중에 하나기도 하죠."

한 단계 극복해낸 장세찬의 초연한 승리, 그런 결말 아니었어? 나 사실 잠이 덜 깼던 건가? 저 다이애나가 누구인지 도대체 짐작이 가지 않았다. 정신 차리려고 몰래 허벅지 안쪽 살을 꼬집어 봤지만 아프기만 할 뿐. 매끈한 그쪽 살이 쪼글쪼글한 내 뇌도 기억 못하는 걸 대신 말해줄 리는 없었다.

"특히, 남자 주인공은 다리가 달리고 스스로 움직이는 성에 사는 마법사로…."

분명 저렇게 강조하는 걸 보면 제목에 '움직이는 성'이란 말이 들어갈 텐데. 하지만 내가 아는 영화 중엔 그런 영화는 없었다. 내 마커는 그저 화이트보드 위를 헤맸다. 반면, 저쪽에선 사각사각 무언가 긴 제목을 막힘 없이 적는 소리가 들렸다. 힐끗 돌아본 유빈이의 입가엔 길고 안정적인 미소마저 걸려 있었다.

결국 나 역시 무언가를 적어 보드를 덮었고, 이내 사회자의 구령에 맞춰 보드를 위로 들어 올렸다. 내가 보드 위에 적은 건 '센과 치히로의 행방불명', 그리고 유빈이가 적은 건 '하울의 움직이는 성'이었다. 분명 내 건 정답이 아니라는 걸 알고 있었지만, 그렇다고 바보같이 한 끗 차이로 틀리는 '움직이는 성 어쩌고'를 적을 순 없었다. 사회자는 시선으로 우리를 한참 쪼더니 결국 유빈이가 정답임을 공표했다. 이로써 상황은 0 대 1.

"와아아아!"

유빈이 쪽에선 시끌벅적한 함성이 터져 나왔다. 하지만 우리 쪽도 지지 않았다. 이제 고작 1라운드였으니까. 첫 번째 판은 운이 좋게 유빈이만 아는 영화가 나왔을 수도 있다고. 오히려 아이들은 꽤 진심인 듯한 격려까지 했다. 한편 나는 이제야 이 상황을 실감하기 시작했다. 생애 최고조의 각성은 개뿔. 나는 그냥 잔뜩 긴장해 있던 거였다. 너무 굳어서 내가 굳어 있다는 사실조차 자각이 안 될 정도로.

나는 뒤늦게라도 정신을 추스르고 대결에 임해 보려 했지만, 상황은 자꾸 안 좋게만 흘러갔다. 나름대로 2주간 바짝 공부했다고 생각했건만 영화의 세계는 그 안에 어떤 유의미한 지식을 쌓을 수 없을 정도로 방대했다. 내가 제목조차 들어 본 적 없는 영화들이 대부분이었다. 영화 정보에서 줄거리는 찾아 읽었어도 문제로 받아볼 땐 또 생소하게 느껴지는 영화들이 많았다.

반면 유빈이는?

"오오, 저 영화, '굳세었나 도민준'처럼 산골 청년이 영화 감독 되는 이야기인데?"

"저거 '조킹맨' 마피아 특집에서처럼, 배심원 역할 한 명이 패널 다 설득해서, 결국 게스트 살려내잖아."

날 도발하려고 일부러 내뱉는 말이라면, 그만하라고 성이라도 내련만. 자꾸 정답을 맞혀 가는 이 상황에 스스로흥이 나 혼잣말도 나오는 모양이었다. 실제로 유빈이의 화이트보드엔 온갖 영화들의 제목이 적혀 나갔다. 차례대로주세페 토르나토레의 '시네마 천국', 시드니 루메의 '12명의 성난 사람들'이라고. 심지어 감독들의 이름까지 적어 버리는 기염을 토했다. 과연 평소에도 아이돌 멤버들의 본명을 술술 외우는 차유빈이었다.

마커를 쥔 손에 점점 땀이 배어 나왔다. 화이트보드 안의글씨가 점점 더 작아졌다. 유빈이는 그래도 반타작 이상을해내는 동안, 나는 단 한 문제도 맞히지 못했기 때문이다. 3라운드까진 그래도 나를 응원하던 아이들도 덩달아 기가죽어갔다. 이제 나를 바라보는 시선은 나와 먼 쪽보다, 나와 가까운 쪽에서 더 따가웠다. "잘난 척하는 애랑 친하게 지내니까 좋았냐?" "딱 봐도 거짓말인 걸 몰랐냐?" 건너편에서 그런 모욕의 말들을 듣는 게 모두 내 탓이라고 여기는 듯했다.

승부는 이미 14번 문제를 넘어갈 때 판가름 났지만, 사회자의 재량으로 원래 준비한 20번 문제까지를 모두 풀기로 했다. 나는 사실 12번을 지날 때부터 그저 도망가고만 싶었다. 내기고 뭐고, 이제는 이 상황 자체를 외면하고만 싶었으니까. 하지만 소심한 나는 그럴 수조차 없었다. 이미 오늘에 대한 소문은 확정적으로 퍼져 나갈 마당에, 내가 도망쳤다는 소식 하나가 추가되는 게 뭐라고. 하지만 엉덩이가 떨어지지 않았다.

스무 번째 문제가 시작되었을 땐 오히려 이 내기가 끝나지 않기를 바랐다. 당장 상황이 종료되는 건 좋지만, 그렇게 내일이 되면? 다른 모든 것들도 덩달아 끝장이 나겠지.

그리고 그런 내 바람과는 관계없이 사회자의 목소리는 유유히 허공을 갈랐다.

"'퍼펙트 데이'라는 OST가 덩달아 유명한 영화입니다.

주인공은 한 엘리트 집단에 들어가 고군분투하는데요. 실은 주인공의 외면만을 평가하는 다른 사람들과 달리 주인공이 라이벌이라 여겼던 조연 비비언만이 그녀의 내면 가치를 옳게 바라봐 주죠. 한편으론 힘겨운 성장과 뜨거운 우정의 서사로도 볼 수 있는, 이 영화의 제목은 무엇일까요?"

참, 좋은 영화네. 이상하게도 헛웃음이 새어 나왔다. 하지만 역시나 답을 모르는 질문이었다. 그렇게 스무 번째 모르는 주관식 문제를 마주하면 과연 어떤 답을 적어야 하는 걸까? 학교 중간고사때도 느껴 본 적 없는 막막함이었다.

사각사각. 내 오른쪽에선 또다시 자신 있게 마커가 미끄러지는 소리가 들려왔다. 유빈이가 정답을 적어 올릴 때의 전조였다. 반면 내 속은 훨씬 더 날카로운 소리를 내며 갈기갈기 찢어졌다. 이렇게 단 한 개도 못 맞히는구나. 암담함이 눈앞을 가렸다. 하지만 이왕에 오답 행진을 이어온 거, 이번에도 뭐라 적긴 적어야 했다.

결국 나는 내가 줄곧 가장 많이 읊었던 그 영화의 제목을 적어 올렸다. 좀 맨정신이었다면 그렇게 선택하진 않았을 텐데. 그땐 그런 생각을 할 겨를이 없었다. 그 행동이 곧 내가 정말 그동안 아무것도 모르고 떠들었음을 증명하리란 판단은 훨씬 나중에야 들었다. 내가 적은 건 '퍼니 게임'이었다. 반면 유빈이는….

"네, 이번에도 차유빈이 맞췄습니다. 정답은 '금발이 너무해'! 이로써 유빈이의 완승입니다."

뭐야, 나도 봤던? 정답을 듣고 처음 든 생각은 그거였다. 근데 그게 그런 영화였어? 어이없게도 곧 그런 감상이 이어졌다. 생각해 보니, 그런 조연이 있었던 거 같다. 꼭 유빈이처럼 승부의 앞에선 물러서지 않는 그런 화끈한 성격의 비비안이. 영화 내기에서 이기는 것만 생각하다 보니, 보고도 까먹고 있던 존재였다.

한편 교실 오른쪽에선 꼭 폭죽처럼 귀가 먹먹해지는 함성이 터져 나오고 있었다. 제 승리에 둘러싸인 유빈이의 밝게 빛나는 두 눈이, 순간 나의 두 눈과 얽혔다.

✦ ✦ ✦

대결이 끝나자 남아 있는 아이들의 수는 금세 절반으로

줄었다. 내 쪽의 아이들이 꼭 수준 이하의 공연을 본 관객들처럼 투덜거리며 서둘러 자리를 파했다. 물론 서둘렀다는 건 할 말은 다 한 뒤 떠난다는 걸 의미했다. "네 잘난 척에 우리까지 이용하니 좋니?" "음흉하다. 거짓말이었으면 중간에라도 그만뒀었어야지." 말만 들으면 아주 정당한 질책들이 온통 나에게로 쏟아졌다.

반면 나에겐 아직 해야 할 일이 남아 있었다.

"괜히 낙담한 척 어물쩍 도망가기만 해봐?"

"너 유빈이한테 사과해야지. 우리 모두 증인이야."

곧 유빈이를 위시한 유빈이 쪽의 아이들이 나를 동그랗게 둘러쌌다. 그래, 내기에 졌으니 약속은 지켜야지. 오히려 이 내기의 패배로 무너진 다른 것들을 생각하면, 유빈이에게 사과하는 건 굴욕도 아니었다. 실은 저렇게나 대단한 기억력과 이해력을 가진 애한테 무식하다고 말하다니. 나역시 좀 찔리던 참이기도 했다.

막 내가 입을 떼려는데, 뜻밖에 유빈이가 입을 열었다.

"얘가 나한테 사과해야지, 너희한테 해야 해? 너희 다 집에 가."

멈칫, 나를 포함한 모두의 눈길이 유빈이에게로 쏠렸다. 유빈이는 결코 농담하는 거 같지는 않았다. 승리의 열기에 취해 있던 아이들도 슬슬 유빈이의 완고함이 눈에 보이기 시작한 듯했다. "왜 그래?" "혹시 피곤해서 그래?" 은근하게 유빈이를 달래더니, 그마저도 안 통하자 이내 성을 내며 자리를 피했다.

"참나. 하긴 수준들이 맞으니까 서로 싸우는 거지."

결국 교실을 떠나는 아이들이 마지막으로 남긴 말은 바로 저거였다. 그 후로 이어지는 긴 정적. 웬일인지 아이들이 떠나던 순간부터 유빈이의 눈을 마주치기가 어려웠다. 잠자코 고개를 숙이고 있는 나를 향해, 유빈이가 운을 뗐다.

"애들이 내 뒷말하는 거. 내가 모를 줄 알았냐?"

"어?"

다시 올려다 본 유빈이의 눈빛은 뜻밖에 고요했다.

"알고 있었어. 근데 딱히 대꾸할 필요 없다고 생각했어. 뭐, 걔네 말처럼 진짜 부모님이 안 계신 것도 아니고. 안 계신다고 그게 흠인가?"

"아, 계셨구나."

바보같이도 그 상황에서 내가 내뱉을 수 있는 말이라는
게 고작 그거였다.

"근데 있으면 뭐 해. 맨날 소리 지르고, 싸우고. 그 사람
들, 유일하게 조용해지는 시간이 예능이랑 저녁 드라마가
방영되는 시간이야. 그래서 좋았어, 그때면 적어도 조용해
지니까. 하나에 집중해서 같이 웃기도 하고, 그냥 평범한
가족처럼. 내가 뭐, 시끄럽다고? 못 믿기겠지만 우리 가족
중에 내가 제일 목소리 작아. 근데 학교 기준에선 또 그게
아닌가 보더라고."

아아, 순간 내가 무슨 실수를 했는지 깨달음이 스쳤다.
유빈이는 이어 말했다.

"무식한 폭군이라고, 내가 우리 엄마 아빠한테 속으로
항상 하는 말인데. 네가 나한테 딱 그렇게 말하니까. 어때?
진짜 사과 해야겠…."

하지만 그 이후로는 자기 이야기를 이어 할 수 없었다.

"야, 왜 네가 울어?"

뜻밖에 내 눈에서 자꾸 뜨거운 물이 흘러나왔기 때문이
다. 그냥 미안하다고 말하면 될걸, 하소연하는 어린 애처럼

이상하게 내 얘기를 하게 됐다.

"넌 그래도 진짜야. 나, 사실 네가 말하는 예능도 봤어. 하지만 애들이랑 말하기 어려웠어. 그런 데서 항상 벌칙으로 남자끼리 커플 시키고 하니까. 근데 나는 그게 납득이 안 되고. 그런 얘기 하고 있으면 내가 잘못하는 게 아닌데, 괜히 내가 부끄러워지고. 네가 말한 드라마 딱 두 화만 봐도 내용 다 알겠더라. 근데 대화에 낄 수 없었어. 막내아들로 나오는 누구 잘생겼더라, 그런 얘기. 나도 할 수 있는데, 나도 하고 싶은데. 그렇게 말 못하고 거짓말해야 하니까. 유빈아 네가 싫어서 말 안 한 게 아니야. 나는 그냥, 내가 가짜라서⋯."

와락. 그동안 잠을 못 자서일까. 순간 나를 안아 주는 유빈이의 품이 유난히 넓고 따뜻하게 느껴졌다. 아, 그러고 보니 진짜 오랜만이었다. 나야 부모님과 포옹할 나이는 지났으니까. 골 하나 넣었다고 일고여덟 명과 한꺼번에 얼싸안을 만큼, 그렇게 격의 없는 성격도 아니었으니까.

그 뒤로는 미안하다는 릴레이가 이어졌다. 미안해, 내가 미안해. 아니, 내가 미안하다니까. 나는 너 무식하다 했잖

아. 나는 굳이 너 무식한 거 애들이 다 보게 내기까지 벌였잖아. 히잉, 미안한데 나 무식한 거까지는 아닌데. 으악, 상처 줘서 미안해. 아냐 항상 날카롭게 말해서 내가 미안해.

분명 내기는 방금 끝났는데. 서로의 14년 전 인생을 미안해하는 이 또 다른 내기는 좀처럼 끝날 줄을 몰랐다.

✦ ✦ ✦

그날 둘의 힘으로 교실을 원상태로 복구시켜 놓은 뒤 학교를 나서며, 우리는 함께 정처 없이 걸었다. 붉게 지는 초저녁의 해가 우리의 얼굴을 낮게 비췄다. 실은 그날이 내가 말없이 학원을 빠져본 첫날이었다. 핸드폰엔 부모님의 부재중 전화 기록이 잔뜩 남겨져 있었지만, 눈치 없이 이를 유빈이에게 푸념하진 않았다. 대신 초코우유 두 팩을 사 하나씩 나눠 먹었다. 여전히 패배의 대가치곤 지나치게 약소한 정도이긴 했다.

얇은 빨대를 입에 댄 채, 유빈이가 문득 말했다.

"헐, 그래서 네가 인어공주 같았구나."

"그게 뭔…."

"인어공주도 공주잖아."

"야, 그쪽 성향이라고 다 스스로 여자라 믿거나 그런 거 아니거든?"

겉으론 그렇게 SNS에서 본 인권 상식을 읊었지만, 속으론 내심 좋았다. 공주님이라니. 하긴 우리 반에 나만큼 우아하고 고상한 존재가 또 없긴 했다. 숨죽여 웃고 있는 나에게 유빈이가 말했다.

"네가 말한 만큼 영화광은 아니었지만. 그건 네가 가짜여서가 아니라, 넌 그냥 무언가를 좋아할 수 없는 '진짜' 이유가 있었던 게 아닐까?"

"오, 유빈아."

무언가 감동적인 답사를 기대하는 유빈이에게 대신 이렇게 말했다.

"역시 넌 무식하진 않아. 아무렴 이 나를, 비록 협소한 외국 영화의 범주에서였지만 그래도 내기로 이기다니. 적어도 중간 이상은 가는 거지."

"세찬아, 너도 참 한결같이…."

"재수 없다고?"

내친김에 유빈이의 말까지 앞질렀다. 아까 오늘치 감정은 다 썼다고 생각했는데. 곧 우리 모두의 입에선 다시 웃음이 샜다. 실소는 곧 박장대소로 번졌다. 그리고 진정으로 상관없었다. 어떤 문제에 관해 유독 재수 없게 구는 것 외에, 내겐 한결같은 취미나 스펙이 전혀 없다고 해도. 그런 마이너한 나를 있는 그대로 덕질해줄, 내게는 친구가 있었으니까.